HISTÓRIA DA CHUVA

CARLOS HENRIQUE SCHROEDER

HISTÓRIA DA CHUVA

1ª edição

Petrobras Cultural

EDITORA RECORD
RIO DE JANEIRO • SÃO PAULO

2015

CIP-Brasil. Catalogação-na-fonte
Sindicato Nacional dos Editores de Livros, RJ

S412h Schroeder, Carlos Henrique
História da chuva/Carlos Henrique Schroeder. – 1.ed.
– Rio de Janeiro: Record, 2015.

ISBN 978-85-01-10538-7

1. Romance brasileiro. I. Título.

15-23171
CDD: 869.93
CDU: 821.134.3(81)-3

Copyright © Carlos Henrique Schroeder, 2015

Projeto gráfico: Carolina Falcão

Todos os direitos reservados. Proibida a reprodução, armazenamento ou transmissão de partes deste livro, através de quaisquer meios, sem prévia autorização por escrito.

Texto revisado segundo o novo Acordo Ortográfico da Língua Portuguesa.

Direitos exclusivos desta edição reservados pela
EDITORA RECORD LTDA.
Rua Argentina, 171 – 20921-380 – Rio de Janeiro, RJ – Tel.: 2585-2000

Impresso no Brasil

ISBN 978-85-01-10538-7

Seja um leitor preferencial Record.
Cadastre-se e receba informações sobre nossos lançamentos e nossas promoções.

Atendimento e venda direta ao leitor:
mdireto@record.com.br ou (21) 2585-2002.

"Escribir es sondear y reunir briznas o astillas de experiencia y de memoria para armar una imagen."
JUAN JOSÉ SAER

"Art is the expression of a human consciousness in a single metaphorical image."
SUSANNE LANGER

1.

No dia em que Arthur morreu eu levantei às seis horas, como sempre, e, enquanto Deborah tomava seu banho, preparei dois sanduíches quentes. Com três fatias de pão de leite cada, com rúcula, tomate, queijo, peito de peru, manjericão e manteiga, esses sanduíches eram acompanhados por um café forte. Era o que me animava todas as manhãs: o preparo e o sabor. Eu era bom com sanduíches, sabia a temperatura certa, conseguia montar de uma maneira que cada camada complementava o sabor da outra (neste caso específico, a ordem dos fatores alterava o produto final). Supus algum tempo depois que, enquanto mastigávamos os sanduíches e conversávamos sobre o casamento, o corpo de Arthur navegara por onde outrora era uma rua movimentada, fizera um longo percurso até se enroscar numa pequena árvore de galhos robustos, parcialmente coberto pela água. Inchado, rijo e numa posição semifetal. A primeira pessoa a vê-lo foi Maria Elisabete, empregada doméstica, que, temerosa de perder seu emprego, resolveu se arriscar com água pela cintura para tentar chegar na casa da patroa. Ela viu aquela coisa, mas fez que não viu, não era problema seu. Mas avisou um dos botes dos bombeiros, a poucas quadras.

— Pode contaminar ainda mais a água — disse ela, se arrependendo logo depois.

Naquele novembro de 2008, com Blumenau debaixo d'água, e dezenas de mortos contabilizados em toda a região, Arthur era apenas estatística. Mais um corpo. O caos se espalhara por todo o Vale do Itajaí, eu morava em Jaraguá do Sul, cidade vizinha de Blumenau, onde os rios sempre foram mais traiçoeiros: mais de quarenta enchentes nos últimos cinquenta anos. Inclusive, uma das maiores festas populares do Brasil, a Oktoberfest, foi criada depois de uma forte enchente em 1984, para recuperar a economia e levantar o moral dos moradores. Chovia sem parar havia muitos dias, mas não importava. Nada importava. Nem as roupas que não secavam ou viver sempre com os pés molhados ou a umidade escorrendo das paredes ou o cinza-chumbo que se tornara a cor do céu ou os guarda-chuvas se digladiando na Avenida Marechal. Eu estava imbecilmente apaixonado e me casaria no mês seguinte: dezembro de 2008.

— Fechei com o DJ.
— Naquele preço? Com o desconto?
— Sim, ele vai montar tudo, som e luzes.
— Ótimo, amor, ótimo.
— Consertei a mala grande, o zíper só estava emperrado.
— Sério? Mas que menino prendado!

Deborah viajaria na próxima semana por doze dias, para realizar pesquisas; então tínhamos que deixar os detalhes do casamento alinhados, pois ela retornaria apenas uma semana antes da festa. Dessa vez o roteiro seria Londres, Paris, Barcelona e Milão, e seu trabalho consistia em observar as tendências na moda infantil, os materiais e as cores das principais lojas dessas cidades, para atualizar sua equipe de criação e pensar num viés possível na adaptação das tendências às expectativas da marca. Ela coordenava a equipe de criação de duas marcas famosas de roupa para o público infantil e viajava muito, mais até do que eu.

— Vai escapar da chuva.

— Mas em Londres sempre chove quando estou lá.

Foi a Inglaterra de Shakespeare e Gordon Craig que consagrou o Gefa, o Grupo Extemporâneo de Formas Animadas, na Europa: a partir de lá passaram dois anos percorrendo festivais, teatros obscuros, escolas e universidades com *Olhos de vidro*, em que Arthur e Lauro, manipulando bonecos feitos de espelhos, potes de vidro, óculos e lunetas, arrancavam gargalhadas e lágrimas. Eles eram bons, mas um deles agora estava morto, e o que me deixou mais chocado foi que não saiu nenhuma foto dele nos jornais, nem sequer um obituário. Arthur, a alma de uma das melhores companhias de teatro da América Latina. Morto. E nenhuma linha, em nenhum jornal, aqui, neste Brasil ingrato. Na Índia, quando um boneco fica muito velho e deixa de ser usado, um pequeno ritual é feito ao pôr do sol e ele é imerso em um rio e carregado em procissão. Mas Arthur não era um boneco velho, e sabia nadar muito bem. Morreu a quatro quarteirões de seu apartamento, no centro de Blumenau.

Mais tarde, na série de entrevistas (que quase me custaram a sanidade) que fiz com Lauro em busca de um perfil apropriado do grande artista que Arthur fora, o nervoso Lauro batia na mesa, ainda exasperado, e dizia:

— Ele nadava pra caralho, porra! Como pode?

Acho que essa pergunta martelava a cabeça de Lauro todos os dias, e ele se sentia culpado pela morte do amigo e companheiro de palco. Na última e estranha conversa que tiveram, antes que as linhas telefônicas do centro de Blumenau deixassem de funcionar, antes da água toda, antes do rio, de lágrimas, eles discutiram. Lauro queria, melhor, ordenava, que Arthur tentasse sair da cidade o quanto antes, pois tudo poderia piorar, já que a chuva não cessava. Ele se recusava, queria ficar, dizia que estava com ótimas ideias, e que a chuva e também a dança do rio sobre a cidade estavam ajudando na concepção do espetáculo.

— A corda, Lauro, vamos molhar a corda, entendes, uma delas estará seca e a outra molhada, entendes o que eu quero dizer?

Lauro começou a gritar no telefone e Arthur escutou tudo, e quando Lauro cessou, exausto, Arthur desligou. Trabalhavam num novo espetáculo, pela primeira vez separadamente, cada um numa cidade, o que prenunciava o fim do grupo. O espetáculo girava em torno de um aforismo do Kafka, escrito entre 1916 e 1918: "O caminho verdadeiro segue por sobre uma corda, que não está esticada no alto, mas se estende quase rente ao chão. Parece mais determinada a fazer tropeçar do que a facilitar o trânsito."

Eu nem podia imaginar que naquela manhã, quando me despedi melosamente de Deborah e sentei na minha dura cadeira giratória (que só girava para um lado e estava com o ajuste de altura estragado), o corpo de Arthur seria levado para um depósito num dos pontos mais altos do centro da cidade, onde estavam outros corpos, ainda não identificados. Liguei o computador, olhei para a chuva lá fora, entre entediado e divertido, e comecei a responder os e-mails. A sala do apartamento fora transformada no escritório da minha pequena editora, ou euditora, como eu brincava, já que eu era um faz-tudo, um Severino editorial. Eu mesmo diagramava os livros, fazia as capas, supervisionava a revisão, pedia a ficha catalográfica e o ISBN aos responsáveis, organizava os lançamentos, cuidava da distribuição. O Edifício Menegotti tinha mais de trinta anos, mas também uma localização privilegiada, na principal rua da cidade, a Avenida Marechal Deodoro da Fonseca. E era nesse apartamento que eu atendia os autores da minha pequena editora. Cheguei em Jaraguá do Sul no ano 2000, com pouco dinheiro e alguns livros lançados, sem repercussão alguma. Financeiramente também não foi uma boa ideia: tentei vender placas luminosas (um amigo meu tinha uma fábrica), anúncios de jornal, mas acabei mesmo trabalhando numa loja de eletrodomésticos, bem no centro da cidade. Passava oito horas por dia vendendo geladeiras, fornos elétricos, aparelhos de som e televisões. Não era fácil ter que ser sempre simpático e tentar confortar sonhos com algum aparelho. O salário não era bom, e, pagando as contas, mal sobrava para comprar livros. Mas, nas horas em que não estava atendendo, aproveitava para ler e escrever, e entre uma televisão e uma geladeira consegui escrever uns dois livros. Em 2003 lancei mais um livro e as coisas começaram a melhorar: convites constantes para palestras e oficinas, e tive que abandonar minha carreira de vendedor de eletrodomésticos. Aproveitei o dinheiro que sobrava de minhas palestras e comecei a fazer cursos de produção editorial, design do livro, distribuição de bens culturais e gestão cultural, e muitas pessoas começaram a me pedir ajuda e conselhos na hora de elaborar livros, no estado todo. Em 2004 montei um bureau de serviços editoriais, que em 2006 se transformou numa editora e em 2007 numa editora e empresa de eventos (que passou a organizar a feira do livro da cidade). Nenhuma das funções dava dinheiro, já que eu estava num estado com um mercado editorial incipiente, mas a junção delas pagava minhas contas.

Eu trabalhava como um louco, obstinadamente. Mas entre 2000 e 2008 também tive minhas incursões pelo teatro, ajudei a fundar a Companhia Resistência Teatral, que encenou dois textos meus: *Às avessas* e *RG*. O último até chegou a ter duas temporadas, mas nada que animasse artística ou financeiramente a companhia, que se dissolveu com a mesma rapidez com que surgiu.

Chegamos até a começar a produção de outro texto meu, *Portrait*, que fez com que eu me aproximasse mais de Lauro e Arthur, na expectativa de me contagiar com a expertise deles. Pois o Gefa era uma das sete maravilhas do teatro de animação brasileiro, ao lado de Giramundo, Sobrevento, Pequod, Catibrum, Caixa do Elefante e Lumbra. Mas eu era um dramaturgo de merda, numa companhia teatral de merda, que me embasbacava cada vez que percebia os gestos e os textos deles: tudo perfeito, sincronizado. Eu ficava lá, latejando de inveja, vendo um espetáculo de verdade acontecer.

O teatro de animação me parecia o caminho mais honesto de todos, e eu queria ter podido trabalhar com eles.

Quando somos crianças e adolescentes, manipulamos nossos brinquedos e bonecos num claro exercício de teatro, desbravando mundos que desafiam a realidade: estamos em cena, no palco, educando nossa imaginação e vida com as formas animadas. Mas quando crescemos, empastelados pelo rigor das obrigações rotineiras, nos afastamos completamente, não reconhecendo mais o quanto o aspecto lúdico e teatral foram e sempre serão a medida da existência. Mesmo crescidos continuamos no palco: a vida é nossa peça e a morte, o fechamento das cortinas. Será?

Para o encenador polonês Tadeusz Kantor, nada expressava melhor a vida do que a ausência da vida. Eu andava cada vez mais encantado com tudo aquilo que Kantor fizera há algumas décadas: um teatro de poesia, performance e animação, em torno da morte. Pude ver suas encenações graças aos vídeos desses espetáculos gravados pela televisão estatal polonesa que caíram nos sites de vídeos. Um teatro no limite da vida e da morte, no limite do animado e do inanimado. "Plantaremos os limites desta fronteira que se chama a condição da morte, porque constitui o ponto de referência mais avançado, e não amenizado por nenhum conformismo sobre a condição do artista e da arte. Só os mortos se fazem perceptíveis (para os vivos) e obtêm assim, por esse preço, o mais elevado, sua singularidade, sua silhueta resplandecente, quase como no circo", afirmou Kantor em seu manifesto mais famoso.

Confesso que quando soube da morte de Arthur, num primeiro momento, de mesquinhez absoluta, fiquei feliz; pois, quando os bons se vão, sobra espaço para os ratos. E também achava que Lauro merecia sofrer um pouco, para apagar aquele sorriso de realizado dele. A vida, este teatro sem ensaios, onde deus é Beckett (rogai por nós, pecadores, agora e na hora de nossa morte), reservou o lado mais dolorido para Lauro, pois quem morre, realmente, é quem fica. Mas depois uma tristeza irremediável se apoderou de mim e liguei para Lauro.

2.

Mesmo com todo o caos, eu costumava caminhar pelo centro da cidade para olhar o rio. Ia com meu guarda-chuva tamanho família (que mesmo assim não evitava que molhasse meus pés) e olhava aquele bloco de água feroz, que lambia e quebrava pequenas árvores nas margens. Chovia ininterruptamente havia mais de dois meses em Jaraguá do Sul: os desmoronamentos eram frequentes, e alguns bairros ficaram incomunicáveis por dias a fio. Sair à rua a pé ou de carro passou a ser uma loteria, pois uma rua que estava alagada num dia, no outro já não estava, e uma rua que até pouco tempo atrás parecia impossível de alagar ficava totalmente submersa.

Sabe-se lá de onde surgiram tantos sapos, em pleno centro da cidade, provavelmente empurrados das encostas dos rios pela fúria das águas barrentas. Treze pessoas morreram num desmoronamento na Rua Ângelo Rubini, no bairro Barra do Rio Cerro, algo que impôs um silêncio orquestrado na cidade. O galpão do Gefa, também na Barra do Rio Cerro, foi alagado e vários projetos técnicos de bonecos e materiais foram danificados. Durante alguns dias as pessoas evitavam falar, diziam apenas o estritamente necessário. Uma tristeza consentida, partilhada. Mil e setecentas pessoas ficaram desalojadas, apenas em Jaraguá do Sul. Em todo o estado, mais de cento e cinquenta pessoas morreram em decorrência das chuvas: a morte estava em toda parte, mas confesso que não pensava muito nela. Sou um egoísta, que fique bem claro desde já. Um schroederista. Eu estava obcecado pela ideia de escrever sobre Arthur, e até o casamento ficou em segundo plano. Sabia que com um perfil de Arthur eu conseguiria emplacar um ensaio em alguma grande revista. Com muito custo, e graças à intervenção do Willian Sieverdt, diretor da Trip Teatro de Animação, consegui marcar as entrevistas com Lauro, que não queria mais receber ninguém, e parecia estar sendo engolido por uma depressão profunda. Eu queria aproveitar a viagem de Deborah para duas coisas: entrevistar Lauro, mas também para definitivamente dar um basta nas inoportunas aparições de Melissa, a menina maluca com quem me envolvi antes de Deborah, e que quase cortou meu cacete com uma tesoura.

Melissa desaparecera de minha vida após tentar me matar, e por um período, alguns meses, não tive notícias suas. Mas, tão logo me envolvi com Deborah, começaram as mensagens ofensivas e as ameaças.

Eu sempre fui pragmático na vida profissional e um procrastinador dos assuntos pessoais, mas precisava resolver essa questão com Melissa antes do casamento (o engraçado é que, mesmo com todo o vale debaixo d'água, em nenhum momento passou por nossa cabeça que o casamento pudesse ser cancelado ou transferido). Eu queria que tudo corresse bem, que fosse lindo, inesquecível. Eu já havia sido um imbecil ao pedi-la em casamento pela internet, quando ela estava em Florença, participando da Pitti Bimbo (um dos eventos mais tradicionais da moda infantil). Precisava virar esse jogo.

Tudo começou em novembro de 2007, na primeira sessão do Cineclube de Jaraguá do Sul, que exibia o filme *Veludo azul*, do David Lynch, no Centro Cultural da cidade. Ela chegou atrasada e sentou nas fileiras do meio, um tanto nervosa. No fim da exibição, eu e o outro curador do evento, o Gilmar Moretti, comandamos um debate sobre o filme e depois fomos para o extinto bar da instituição. Tomei vários chopes numa mesa de cinéfilos, e, quando todos foram embora, fui adotado pela mesa ao lado (e ela estava lá). Não nos conhecíamos e trocamos poucas palavras durante a noite, num verdadeiro campeonato de timidez. Sequer imaginava o que me aguardaria: menos de trinta dias depois estaríamos namorando, e com menos de quatro meses de namoro dividiríamos o mesmo teto, e um ano depois do início do namoro trocaríamos alianças. Amor expresso e fulminante, como nos filmes. No dia seguinte ao cineclube consultei um amigo e descobri seu nome completo, convidei-a para ser minha amiga no Orkut (sim, naquela época a onda era essa) e passamos a trocar e-mails, até que tomei coragem de convidá-la para sair. Mas agora eu precisava dar um basta nas inoportunas aparições de Melissa e convencer Lauro a me fazer uma espécie de porta-voz do legado de Arthur. Com Lauro teria que travar uma batalha, pela memória de Arthur. Eu precisava ter acesso ao material do Gefa, que ajudara a repensar o teatro de animação brasileiro, mas também à memória de Lauro, a única pessoa que conhecia a história de Arthur.

E tudo pronto para cair nas garras de um escritor inescrupuloso como eu: alguém capaz de sacrificar qualquer coisa por uma história.

3.

Os dias pareciam sempre iguais: nublados e com chuvas de intensidades diferentes, vinte e quatro horas. Com Deborah viajando, minha rotina era sempre a mesma: levantar, urinar, lavar as mãos e os olhos e ir para a cozinha, para o sanduíche e o café. Fazia o trabalho burocrático de um pequeno editor e produtor de eventos, e nos finais de tarde ia para o apartamento de Lauro, que se no começo parecia reticente e distante, falando como se estivesse discursando, ou em frente a um computador, escrevendo, agora já tomara um viés pessoal que prenunciava algum ato trágico. Eu podia perceber claramente que ele utilizava a pontuação, mudava as entonações. Estava escrevendo oralmente. Estava se protegendo, e usava uma máscara para falar de Arthur e dele, como se tudo fosse muito distante, uma história que se passara havia muito tempo. E sempre bebendo o seu uísque Passport, ao menos era uísque, fedia menos.

Ele sempre suspirava fundo, atravessava a sala e vasculhava sua estante improvisada (era uma daquelas de ferro, que serviam para arquivos) até encontrar um exemplar que buscava. Voltava para o sofá e deixava o livro ao lado do copo de uísque. Com o dedo, brincava com os cubos de gelo (já desgastados) e não conseguia conter as lágrimas. Ele havia se separado da esposa recentemente e sempre começava falando dela para enfim chegar no Arthur, mas num discurso artificial. Falava do filho pequeno também. Por quê? Eu conhecia os textos dele, eram seguros e certeiros, um dos melhores dramaturgos do país em teatro de animação, mas ao falar de sua vida, e da vida de Arthur, parecia um amador. Que teatrinho lastimável. Ainda hoje lembro de seu tom de voz calculado, de sua tentativa de parecer formal.

— O problema é viver das memórias. Elas não salvam nada, nem o presente, e muito menos um casamento. Você pode rememorar um milhão de vezes o nascimento do seu filho, a conquista do seu primeiro imóvel, o momento em que você subiu no altar, e quando vocês superaram a mais dura das adversidades; mas são apenas memórias. Certo dia você acorda e descobre que não tem mais nada para dizer à sua companheira, e nada que ela possa dizer tampouco lhe interessa. Vocês são apenas dois barcos à deriva, rumo ao olho do furacão. E foi assim, assim que estraguei minha vida. Primeiro traí a mim mesmo, depois Arthur e por fim Sandra e meu filho. Sou um traidor, um mal tradutor do que é humano.

Eu sempre me impacientava nos inícios, já que tinha que sair do Centro e passar sobre uma ponte em que o rio dava dentadas em sua estrutura e caminhar até o final da Vila Nova, para ficar cara a cara com o tom farsesco de Lauro. As barras das minhas calças e meus tênis estavam sempre molhados, eu mal acreditava no quanto eu era persistente, e enquanto isso ele escrevia oralmente e eu não via sentido algum nisso. Às vezes eu brincava, imaginava as palavras que ele pronunciava na roupa ou na testa dele, como uma legenda.

— Resta um punhado de sorrisos amarelos, frases prontas, os mesmos movimentos e aquela azia interminável. E quando digo isso não é com aquele tom de arrependimento, ou nostalgia. Mas sim como uma constatação, um tom afirmativo, com a cabeça para cima e para baixo. E se for para culpar alguém, que seja o tempo, que esmorece e sulca o mais febril dos amores. Alguém já disse que a verdadeira inteligência é servir-se da memória; mas é possível confiar na memória? Um espelho que se reflete mil vezes, já dizia Arthur. Eu não a culpo pela mediocridade da minha vida, e nem por tudo o que aconteceu. É claro que eu gostaria que as coisas fossem diferentes, que ela ao menos falasse comigo hoje, que meus amigos falassem comigo, que Arthur estivesse vivo e que esta história fosse completamente diferente. Mas, quando percebi, eu era o alvo, e as flechas vieram todas para mim, e tudo desmoronou. Mas fui eu quem quis isso? Essa é a eterna dúvida: nós conduzimos nosso futuro? Ou há um encadeamento de fatores que pode mudar nossa rota? Somos marionetes de uma conjunção de fatores? Sinceramente, não sei responder. Mas desconfio dessa segunda hipótese. A felicidade é um bem perecível, e num casamento ela funciona como um pêndulo, oscilando de uma parte a outra. E nesse carnaval de farpas sobra destruição para ambos os lados: culpa para o agressor e humilhação para o agredido. Chega uma hora que você percebe que é um intruso, entre a sua esposa e o mundo, um adorno apenas. É hora de você errar. A solidão é uma doença, e quando você menos espera, está infectado. E cada vez mais você se fecha numa crosta de rancor impermeável. Bem-vindo à vida. Mas um casamento é apenas um casamento, um papel, diria Arthur, se ainda estivesse vivo, um papel que pode ser anulado. Não, Arthur, não mesmo, desta vez você estava errado, meu querido amigo, não é só um papel, é uma luta, que pode ser fácil ou difícil, e como toda luta é um jogo de poder e, como todo jogo de poder, uma covardia. Um papel, hahaha, esta foi uma grande piada, não foi? Não foi. E eu entendi depois de algum tempo o que você queria me dizer, antes de você encher seus pulmões de água, seu idiota. Papel se dissolve na água, Arthur.

Naquela noite voltei mais transtornado do que habitualmente, Lauro estava jogando comigo, testando minha paciência. Eu não tinha vocação para psicanalista e muito menos para escutar solilóquios recheados de "flechas", "alvo" e "papel". Ele certamente não acreditava que eu queria fazer um perfil sério de Arthur. Tomei uma caixa de cervejas em lata e liguei para Melissa, torcendo para ela não atender. Minha história com ela começou enquanto eu comia um bife à parmegiana na padaria do Júnior, que ficava a setenta metros do meu apartamento. Quando me separei de Cristina e me mudei para o apartamento do Edifício Menegotti, passei a almoçar lá. O bife à parmegiana dele era suculento, barato e havia um burburinho efervescente, pois as comerciárias lotavam o lugar: tudo o que agradava a este recém-solteiro amargurado. Estava no balcão, esperando meu bife e pensando no que comeria de sobremesa, quando uma simpática moça interrompeu meus devaneios.

— Oi, tudo bem?

— Oi, claro, tudo!

— Eu sempre te vejo por aqui, leio suas crônicas, e gostaria de te entregar um texto, quando tiver um tempinho você lê?

— Sim... Leio... Claro.
— É importante para mim...
— Claro. Será um prazer.

Na época eu escrevia crônicas para dois jornais, sempre aos sábados, num de abrangência regional, *O Correio do Povo*, e outro de abrangência estadual, o *A Notícia*. E não era comum, mas de vez em quando alguém comentava alguma coisa na rua, como "gostei de sua crônica, é isso aí".

Deixei o envelope de lado, não dei muita importância e abri somente quando cheguei no apartamento. O texto se chamava "Agatha e Shakespeare", e era quase uma declaração de amor. Nele a moça dizia que me via regularmente na padaria, que lia sempre minhas crônicas e que até tinha dado uma de Hercule Poirot (um detetive da Agatha Christie): investigado um pouco a minha vida. Na carta ela não deixou e-mail ou telefone, apenas o nome: Melissa. E insinuou que eu respondesse por uma crônica, que, se eu fizesse isso, ela me acharia. De início, pensei em não responder, para não entrar no jogo, e ela até deve ter pensado que eu andei fugindo, pois sumi da padaria (mas na verdade fiquei duas semanas em viagem, dando uma oficina de escrita criativa em Concórdia). E como eu andava muito louco (sou canário de gaiola, preciso sempre estar sob controle feminino, pois quando estou sozinho bebo demais, preciso ser controlado ou me autodestruo em uma velocidade impressionante), escrevi numa quarta-feira um conto que empurrei goela abaixo do jornal como crônica. Era uma isca.

M de Virginia Woolf

"*A beleza do mundo tem duas margens, uma do riso e outra da angústia, que cortam o coração em duas metades.*"
Virginia Woolf

Margem um
Ela tem os olhos mais belos que já vi (verdes ou azuis, ou verde-azuis, como ela prefere), e embora agora não possa vê-los (pois é noite e na beira deste rio não há luzes), eu sei que ela me olha (ou tenta). Está frio, estamos molhados, mas de mãos dadas.
— O que você acha?
— Você disse que iria me surpreender.
— Disse.
— Então...
— Claro.
— No escuro.
— Claro, no escuro.
— Você acredita em mim?
— O que você acha?
— Vamos para o rio? Ou já fomos?
— Faz diferença?
Essa é a minha menina.

Margem dois

M molhou a ponta de um de seus pés e apertou minha mão. À nossa frente se estendiam metros e metros de água.
— Vamos?
— Já?
Ela aperta mais uma vez minha mão.
— Você disse que iria me surpreender.
— E vou.
Ela aperta mais uma vez minha mão. Agora com força.
— A água está fria. Mas a lua está linda.
— Não há pedras por aqui.
— Eu sei. Uma pena.
— Que peixes tem esse rio?
— Faz diferença?
— O que você acha?
Voltamos.

O texto saiu no sábado. No domingo seguinte, pela manhã, enquanto eu tentava curar minha ressaca esparramado na cama do Hotel Caitá, o telefone tocou: era ela.

Ignoro como me localizou tão rápido, ela disse apenas "tenho meus métodos".

4.

Algumas vezes Lauro me assustava, chutava uma pequena banqueta, ou dava tapas na parede e mudava o tom de voz. Talvez procurasse o tom de voz de Arthur, e eu nunca sabia se falava para mim, ou para um hipotético e ressuscitado Arthur. Será que ele ensaiava para falar comigo? E procurava um tom literário para suas entonações?

— E tem o desejo, essa coisa louca que move o mundo. O que fazer com o desejo? Enfiar no rabo? Para Arthur isto funcionava, mas para mim, não. Arthur se preocupava com o desejo, seus michês que o digam. Dizia que o teatro é todo desejo, é um movimento pelo desejo. Ele não estava preocupado com o mundo, com o movimento capital e social das pessoas, não estava preocupado com as coisas práticas da vida. Mal sabia usar um computador. Sabia ser encantador, isso sim (principalmente para jovens rijos e de olhos ardentes), e quando queria impressionar balbuciava (para que as pessoas se aproximassem mais e mais) palavra por palavra o conto-ensaio *Sobre o teatro de marionetes*, do Kleist, enquanto revirava os olhos e gesticulava os dedos para narrar a história de um famoso bailarino que se inspira no teatro de marionetes para repensar uma dinâmica do corpo e do movimento. O texto, escrito em 1810, tomava tranquilamente umas cinco folhas A4, mas escoava da boca de Arthur com fluência, rapidez e gravidade. E seu tom de voz ia subindo lentamente, até quase gritar ao chegar na parte final. Arthur era um titereiro de sentimentos. Sempre foi. Arthur, você nunca perguntou quando eu comecei a escrever, você se bastava, não é? Sempre se bastou.

Nesse momento eu interrompi sua performance, com um gesto teatral, para entrar no jogo, e contei uma pequena história, mudando de entonação. Eu também tinha meu show.

Durante vários anos, na minha infância, passei o Natal na casa de minha Oma e do meu Opa (descendentes de alemães e holandeses usam os hipocorísticos afetivos "opa" para vovô e "oma" para vovó) em Trombudo Central, uma pequena cidade de Santa Catarina. A casa, bem grande, acolhia praticamente todo o clã Schroeder, e durante alguns dias se tornava um reino encantado (para nós, crianças, já para os adultos talvez o nome adequado fosse Faixa de Gaza). A árvore de Natal era sempre frondosa, muito bem ornada, mas o mais interessante estava ao seu lado, ao menos para mim: a grande estante de livros, feita de madeira maciça, que abrigava coleções completas de grandes escritores mundiais. Uma das coleções que mais me fascinava era a dos ganhadores do Prêmio Nobel de Literatura: de capa dura, e com a lombada impressa em letras douradas. E numa noite dessas de Natal, o mais intrépido dos Schroeder, com seus dez ou onze anos de idade, após filar e beber escondido uma taça de champanhe, abriu a porta de vidro da estante e pegou um exemplar da coleção do Nobel. Era o livro do vencedor de 1969, do irlandês Samuel Beckett. Dei uma rápida folheada e vi que a obra apresentava os pormenores da atribuição do prêmio, uma breve biografia e dois textos, o romance *Malone morre* e a peça *Dias felizes*. Lembro ainda, no pantanoso terreno da memória, que achei engraçado o sentido antagônico dos dois títulos: morre e felizes.

— Opa, este livro é legal?

Ele apenas sorriu, fitando o livro, tomou mais um gole em sua taça e retomou a conversa com meu tio. Nunca entendi por que não respondeu, se é que escutou minha pergunta, afinal, a noite de Natal é sempre esquisita, carregada de euforia num primeiro momento, e de melancolia no segundo. O fato é que devolvi o livro à estante e voltei a me enturmar com meus primos.

— Agora quero falar do meu Opa e da minha Oma, que foram importantes para o Gefa... — interrompeu Lauro, a quem fuzilei com um olhar de sniper.

Alguns dias depois daquela noite de Natal, peguei o livro novamente na estante, mas para servir de apoio para uma caderneta, onde rascunhei de caneta meu primeiro texto literário (se é que aquilo poderia ser chamado de literário, pois com onze anos se tem muito cabelo e poucas ideias): um conto sobre um soldado na guerra do Vietnã. Minha Oma (Uta Holetz Schroeder, poliglota, descendente de holandeses, fã de Flaubert, falecida na década de 1990), heroica, leu e teceu elogios que não entendi, mas foram a generosidade (coisa rara no campo literário) e o incentivo dela que me fizeram querer ser um escritor (ela sempre foi uma ouvinte atenta, e fingia que acreditava nas mentiras que eu inventava). E meu Opa, Heinz Schroeder, achava divertido o fato de eu sempre falar sozinho, e um dia soltou: "E estes seus monólogos, hein, jovem Beckett, vão te levar para onde?"

Naquele dia planejei o roubo do livro do Beckett, que não deu certo, e com o fim das férias tive que me despedir da estante sagrada. Mas eis que o destino me reencontrou com Beckett na adolescência, pois, quando meu Opa resolveu repartir os livros, o Beckett ficou comigo. E foi lendo *Malone morre* (e depois os outros dois da trilogia do pós-guerra) que minha adolescência foi por água abaixo, e em vez de andar atrás das saias, como meus amigos faziam, ficava trancado no quarto lendo coisas tristes e tocando punhetas intermináveis. Mas eu era feliz, e como. Morria com o Malone, criava com o Malone, que também estava confinado num quarto (mas ele descrevia seu intento de fazer da ficção a companhia ideal durante a agonia de seu "parto para a morte"). Malone distraía-se ao inventar personagens e histórias sobre os quais não exercia domínio, assim como eu (no meu caso, por inexperiência). "Onde agora? Quando agora? Quem agora?" Aquele foi meu primeiro contato com uma narrativa convulsionada, que tinha "a expressão de que não há nada a expressar, nada com que se expressar, nada a partir do que expressar, nenhuma possibilidade de expressar, nenhum desejo de expressar, aliada à obrigação de expressar". Tudo isso ainda ecoa em minha memória, como uma música ao longe. Saí de Trombudo Central há muitos anos, morei em muitos lugares. Beckett afirmou que não há como fugir das horas e dos dias, nem de amanhã e nem de ontem. Minha Oma foi levada pelo câncer, numa batalha cruel e injusta; meu Opa se digladia diariamente com dois cânceres, e em breve passará a existir apenas na memória daqueles que o conheceram.

— Restarão imagens, restará Beckett, enquanto existir memória. Restará Arthur — disse Lauro, olhando a chuva fina pela janela.

5.

A primeira coisa que veio à cabeça de Lauro quando viu sua mãe no caixão foi o dia em que ela lhe explicou o significado do seu nome, Vogelmann, do alemão, formado pelos elementos Vogel ("pássaro") e Mann ("homem"). Lauro, do latim, "louvor". Lauro Vogelmann Freitas. Ela inventou uma linda história, numa tarde ensolarada, enquanto preparava sua geleia de amora, feita com amoras frescas e recém-colhidas, de um homem-pássaro louvado por anjos e reis, que voava carregando uma chave que abria todas as portas de todas as igrejas do universo.

Mas quando viu Sarah, sua mãe, um tanto mais pálida, mais magra do que nunca, num caixão, perguntou: onde estava Deus, aquele ser que ela tanto louvava, onde estavam os anjos? E ele se sentiu culpado, demais, pela ausência. Por não ter ficado mais tempo com ela nos últimos tempos, principalmente enquanto ela agonizava em Blumenau, depois de passar vários meses em radioterapia no Hospital Santa Isabel. Mas Lauro era jovem e errou, mais uma vez, assim como acreditara que fizera com Arthur.

Sua mãe era responsável por ele se interessar pelas palavras, pois era como o papel, aceitava tudo, assim como os pais dela, o Opa e a Oma, foram grandes incentivadores e, de certa forma, um tanto responsáveis pelo sucesso dele no teatro. Enquanto ele contava suas histórias, sua mãe escutava mudamente. Não dizia nada, mas depois era a vez dela de contar suas histórias, sempre ligadas a Deus, Jesus, Maria, ou algum apóstolo.

No dia da morte de sua mãe, Lauro pegou todas as bíblias da casa e queimou, seu pai quis protestar, mas Lauro levantou o dedo, na altura do nariz dele, e empurrou, levemente, o suficiente para seu pai dar um passo para trás. Apesar dos sessenta anos, seu pai era um homem muito forte, criado no mato quando jovem, e depois vivera da lida com a madeira. Lauro era franzino, mas naquele dia estava disposto a matar ou morrer, e seu pai recuou, caminhando de costas, pois um homem do mato não dava as costas para ninguém. E tudo passou como um relâmpago aos olhos de Lauro, as surras que ele e sua mãe levaram, a crueldade de um homem acostumado a equiparar humanos a troncos de árvores.

Eu nunca tive muito contato com homens do campo ou do mato, embora tenha vivido grande parte de minha vida em pequenas cidades, ligadas à agricultura, como Braço do Trombudo, Trombudo Central e Agrolândia.

Mas um deles foi Seu Schultz, que cruzava o jardim de minha Oma para buscar trato para suas vacas (ele e minha Oma tinham um acordo, não sei se alugava o terreno, ou ela simplesmente cedia para que ele plantasse o trato). Sorrindo, aquele senhor meio corcunda, maltratado pelo tempo, com suas roupas remendadas, de chapéu de palha, sempre parava e conversava comigo uns instantes (podia estar carregando fardos enormes nas costas, mas parava).

Nas férias escolares, quando meus pais praticamente me exportavam para Braço do Trombudo, eu o via ao menos duas vezes por dia. Não me recordo muito bem do que dizia, mas sei que sempre me causava grande impressão. Nunca soube se eram provérbios concebidos por ele, mas bem poderiam ser trechos retirados da Bíblia. Anos mais tarde, quando morei em Braço do Trombudo, na minha adolescência, pouco conversei com ele, mesmo residindo a duzentos metros da sua casa. Quando faleceu, senti que perdi uma grande oportunidade de apaziguar as minhas inquietações da adolescência, pois Seu Schultz era uma imagem reconfortante.

Fui o único a ficar do início ao fim em seu velório (que recebeu pouco mais de uma dezena de visitas), por um simples motivo: eu nunca tinha o que fazer, e estava cansado de ficar só lendo no quarto. Era uma boa desculpa para varar a madrugada. Mas foi esse instante, a percepção da perda, que apaziguou um pouco minhas revoltas sem causa da adolescência.

Em 2012, quando ajudei na produção da Feira do Livro de Pomerode, lembrei de Seu Schultz ao conhecer a irmã de Lauro, que me contou um pouco da história de seu pai, mas também de seus avós maternos e paternos, e pude perceber que a história da família de Lauro era intimamente ligada à madeira. Seus avós maternos eram proprietários da Serraria Vogelmann (a maior do segmento na cidade), que transformava toras em tábuas, atendendo principalmente a indústria moveleira de São Bento do Sul, no planalto norte catarinense. Lauro passou grande parte de sua infância e pré-adolescência nos galpões e ranchos da empresa, construindo brinquedos, como carrinhos de rolimã e caixas com fundo falso para brincar de mágico. E, com os retalhos e tocos das madeiras, também construía pequenas cidades, com preguinhos, no melhor estilo Lego. Como as tardes eram ociosas e modorrentas na pequena cidade, passou a esculpir rostos em restos de tábuas, primeiro com facas, e depois com um formão reto e um kit de goivas das mais variadas formas, que ganhou de seu Opa.

Chegou a fazer um curso com Marcelo Serpion, famoso escultor de madeira que vivia em Blumenau e dava aulas em toda a região. Esculpir na madeira era uma terapia para o jovem Lauro, que na época não sabia o que fazer com sua pulsão criativa. Não só pelas formas possíveis de dar à madeira, mas pelo correto aproveitamento dos veios e das cores. O curso ensinou principalmente a usar o baixo e o alto-relevo com precisão, para dar noções de profundidade a qualquer tipo de escultura.

O primeiro espetáculo de bonecos a que Lauro assistiu foi na Igreja Luterana local, um espetáculo no estilo Kasperle (teatro popular da Alemanha e Áustria). As vizinhas Pomerode e Jaraguá do Sul (outra cidade com forte colonização alemã) foram importantes cenas da tradição Kasperle no Brasil. Entre 1959 e 1964, com Hildor Emmel, em Pomerode, e entre as décadas de 1950 e 1970, com a imigrante alemã Margarethe Schlünzen, em Jaraguá do Sul. Ambos mostravam seu teatro em escolas, creches e festividades locais, para o delírio da plateia, que vibrava com a ironia e os desatinos do tradicional personagem espertalhão Kasperle.

Lauro não prestava atenção nas falas e tampouco nos movimentos dos bonecos. Apenas nas cabeças, um tanto desproporcionais, e pensava: eu consigo fazer esses bonecos.

No final da apresentação pediu para vê-los. Não queria mais fazer esculturas de madeira que ficassem estáticas, para fins decorativos, queria agora fazer esculturas que se movessem.

Começou a fazer bonecos Kasperle para os grupos amadores da cidade, geralmente ligados às igrejas locais, e a pesquisar a produção de bonecos no Brasil, principalmente no Nordeste, onde a cena era mais forte. Também integrou o principal grupo de teatro amador da cidade, que encenava sempre o mesmo espetáculo: uma versão simplificada e reduzida do *Fausto*, de Goethe. Lauro nunca esqueceu duas frases do espetáculo, ambas pronunciadas por Mefistófeles: "No entanto, nunca a morte é um hóspede bem-vindo!" e "Pensa bem no que dizes. Diabo tem memória."

E fazia isso tudo contra a vontade do pai.

Lauro e João (o pai) não se falaram mais desde a morte de Sarah, quando o filho literalmente enfiou o dedo no nariz do pai. Por algum motivo, parecia que Maria, a irmã, ficara do lado do pai, também evitando falar com o irmão.

A verdade é que as histórias que ela me contara sobre seu pai pareciam mais lendas (provavelmente contadas por ele), ou seja, um processo de automitificação perpetuada. Mas escutei tudo com atenção, porque adorava histórias de migração, campo, cobras et cetera.

Ela me contou a história de seu pai de um fôlego só, com destaque nos diálogos e frases-chave, e com uma estrutura digna de um conto. Deve ter sido repetida inúmeras vezes, e corrigida também, essa história que retratava um homem duro, um verdadeiro homem do mato.

Augusto, pai de João, avô de Lauro e Maria, viera da região oeste do Paraná, do distrito de Cascavel, hoje município homônimo. Trabalhara durante muitos anos na extração de madeira nativa, para empresas madeireiras regionais, até que uma dessas empresas resolveu abrir uma filial no norte de Santa Catarina. Seus pertences couberam numa saca de feijão de cinquenta quilos: algumas roupas e uma bíblia. Nunca mais viu seus pais ou qualquer um dos seus treze irmãos, e era assim naquela época: quando alguém partia, realmente partia. Morou nos fundos da madeireira, com outros peões, durante alguns anos, até que conheceu Salete, a filha da faxineira do escritório da madeireira.

Em pouco tempo se casaram, e ao lado da casa do sogro ele ergueu sua casa, toda em madeira, com ajuda dos cunhados e do sogro. A madeira era retirada da mata e trazida para o terreno na carroça do Gérson, o carroceiro do bairro. Com a casa pronta, saiu da madeireira e passou a trabalhar sozinho, primeiro extraindo madeira da mata e vendendo às famílias do bairro, e depois como aparador e cortador de árvores, o que se mostrou mais lucrativo, pois a extração da madeira era perigosa e demorada, numa época em que motosserras pesavam sessenta quilos e custavam uma verdadeira fortuna. E com ele era na serra, no serrote e no braço.

— Quando se tem braço, pra que motor?

Chegaram os filhos: um, dois, três, quatro. Dois meninos e duas meninas. Ao primogênito, João, nome de apóstolo, decidiu passar sua paixão pelo corte da madeira.

Reza a lenda que João acompanhava o pai desde os oito anos, e com doze ganhou seu primeiro serrote.

— É teu, mas cuida, corta, e feio.

E assim passou de um mero observador a assistente. João subia primeiro, amarrava uma corda num galho resistente, fazia o nó que seu pai lhe ensinara.

— Nem um navio a todo vapor acaba com esse nó.

E a corda entrava por um furo e saía por outro no colete de couro de vaca, que sua mãe fizera, e por fim era amarrada na outra extremidade da corda, por outro poderoso nó. Caso se descuidasse, ficaria suspenso, e não desabaria como uma maçã podre. Com o serrote desbastava os galhos mais finos, se embrenhava na árvore, e, como era leve e pequeno, conseguia chegar aos pontos mais altos das árvores, limpava a área para a subida do pai. E não tinha medo, subia rapidamente, não sabia muito bem o que era a dor, o que era a morte. Ele apenas não gostava de subir em eucaliptos, pois quase não havia copa, e o chão estava sempre à vista: os galhos também eram distantes uns dos outros, e os eucaliptos mediam dezenas de metros de altura. E agora cada vez mais se plantavam eucaliptos, para fins industriais e também nas grandes residências: os ricos gostavam da opulência da árvore naquele tempo.

Augusto escondia o orgulho ao ver seu filho, ágil como um sagui, de galho em galho, serrando e serrando. E ensinara João a sentir o cheiro e a textura de cada árvore, a imaginar o peso do galho pela extensão e pelo tipo da madeira, e, principalmente, a saber o tanto de trabalho que cada tipo de árvore dava ao ser cortada ou desbastada ou transportada. Cortar é a parte mais fácil, difícil é prever para que lado o galho vai pender, qual o estrago que vai causar e onde vai cair. Em Cascavel, Augusto já havia visto inúmeros acidentes: pernas e braços arrancados e todo tipo de esmagamento. Membros pendurados, tripas à mostra, e certa vez um galho de pinheiro-brasileiro atravessou o José, seu companheiro de trabalhos. E não importa a espécie: pau-brasil, jacarandá, peroba, garupuvu, jequitibá-rosa, cedro, eucalipto, o barulho é o mesmo ao cair, um ruído assustador. Havia um prazer secreto no corte de árvores, uma sensação de poder, a força do braço subjugando a natureza, e, quando o galho ia ao chão, uma sensação de vitória.

Ele ensinara seu ofício a João, e também a sobreviver na mata, a reconhecer os pássaros pelo cantar, e conhecer os costumes das cobras, principalmente da jararaca, que também subia em árvores, e da jararacuçu, que chegava a mais de dois metros de comprimento e tinha um bote mortal. Não havia como evitar as cobras, era preciso vê--las, afugentá-las, ou, em casos mais extremos, matá-las. E treinou seu filho para perceber as cobras no meio das árvores, na vegetação fechada, onde fosse preciso. Mas João quis a cidade.

Aos dezoito anos comunicou ao pai que não queria mais cortar árvores, seus amigos iam, todos, trabalhar na Tigre, que fabricava pentes feitos com chifres de boi, mas desde 1950 começara a fabricar tubos e conexões de PVC. Iria ganhar o mesmo que ganhava com o pai, mas o serviço era mais leve.

"Só digo uma coisa, na hora de cortar, você nunca sabe para que lado vai cair o galho." Este ditado era usado para tudo por Augusto, um homem de uma frase. E foi o que disse quando João lhe comunicara que iria trabalhar na cidade.

Embora parecesse aceitar, nunca digeriu muito bem a traição do primogênito, que trocou a arte de lidar com a madeira pela manipulação de produtos plásticos. Não entendia como João trocara a liberdade de trabalhar em horários alternativos, em meio à natureza, com algo que era realmente vivo, pulsante, como a madeira, por ficar trancafiado num depósito, cheirando plástico oito horas por dia. E esse ressentimento passou a pontuar a relação dos dois, e, como ambos eram de poucas palavras, o contato passou a ser cada vez menor. Logo João saiu de casa, alugou um quarto numa pequena pensão próxima da empresa e, como era dedicado, começou a prosperar, e logo ficou encarregado do setor de expedição, ganhando o dobro do que ganhava com o pai. Conheceu Sarah, que era sobrinha e afilhada do dono da pensão e vinha sempre passear em Joinville. Sarah era filha de imigrantes alemães, e seu pai tocava a Serraria Vogelmann, fundada por seu avô, que veio da Alemanha no início do século XX. O resultado de tudo isso foi o casamento de Sarah e João, ele indo morar em Pomerode, assumindo inicialmente a gerência de produção da serraria e depois a direção, com a aposentadoria do velho Vogelmann (que então passou a se dedicar ao trabalho no sítio).

Foi nesse ambiente que Lauro cresceu, entre a poeira espessa e a serragem da madeira, com o ruído cortante da serra como trilha sonora. Não é difícil perceber o quanto Lauro podia odiar tudo isso, e fez de tudo para escapar da pequena cidade, primeiro com o grupo de teatro local, e depois com a mudança para Florianópolis, quando estudou numa das primeiras turmas do departamento de artes cênicas da Universidade do Estado de Santa Catarina, no final dos anos 1980. "Não fale aqui na cidade que você estuda isso, coisa de bicha", disse seu pai numa noite.

6.

Reconstruir um boneco é sempre mais difícil do que construí-lo. Da mesma forma, recompor a história de uma companhia ou grupo é tarefa mais exigente e perigosa do que viver essa história. As palavras acima ou ao menos parte delas são do Marcos Malafaia, do Giramundo Teatro de Bonecos, mas gostaria que fossem minhas.

Embora Lauro não mencionasse a importância do Giramundo na formação de Arthur em nenhuma das vezes que nos encontramos, juntando os fatos não foi difícil perceber que o início da paixão de Arthur pelas formas animadas se devia ao grupo, especificamente ao lendário Álvaro Apocalypse.

É incrível como todas as trajetórias são traídas por seus narradores, e Lauro preferia minimizar tudo que antecedia o Gefa, algo que não condiz com a já batida realidade de que somos naturalmente a soma das nossas referências. Lauro nunca se mostrou uma fonte confiável, chegando a contar versões diferentes dos mesmos fatos, mas era o que eu tinha na época. Somente quando estive na terra natal de Arthur, Betim, e também em Belo Horizonte, em busca de rastros do passado dele, foi que consegui montar parte deste intrincado quebra-cabeça de sua formação teatral.

Quem hoje visitar o município de Betim, cidade natal de Arthur, verá um prédio de três andares, bem no centro, próximo da Praça Tiradentes, com a pintura desbotada e uma logomarca horrenda, que parece não ter evoluído nem um pouco nos mais de cinquenta anos da empresa. Quem administra hoje a Sobrossa Tecidos é Marcelo, irmão mais velho de Arthur. A família Sobrossa era muito tradicional na cidade, então não demorei a descobrir um pouco do passado de Arthur Silva Sobrossa, filho de comerciantes de tecidos de Betim, caçula e preferido da mãe.

Desenhava bem desde criança e queria ser estilista. Sua mãe, mestra do crochê, era capaz de fazer qualquer coisa de crochê, uma toalha de mesa, um casaco, uma blusa, um cachecol. Arthur chegara a aprender um pouco a técnica do crochê, mas, com as gozações do irmão e do pai, desistiu.

Mas não desistiu de ser estilista, embora o sonho tenha ficado um tanto mais embaçado na adolescência, quando fez um curso técnico noturno de desenho de moda, e não teve coragem de largar a posição confortável na loja dos pais para ganhar uma mixaria como desenhista nas pequenas confecções de sua cidade. E não conseguia nem estagiar nas de médio porte em Belo Horizonte, a menos de cinquenta quilômetros. Restavam os pequenos bicos, que fazia com dedicação — um vestido de casamento para uma prima, um terno um pouco mais ousado para seus amigos gays —, e as tardes e as manhãs quando não tinha clientes, em que se debruçava sobre a prancheta e viajava por linhas e linhas, na construção de formas que poderiam encontrar um corpo.

Ele não queria de maneira alguma levar aquela vida suburbana, fedendo a tecidos, vendo os dias escorrendo atrás de um balcão. Queria ser estilista, dos bons, dos famosos, criar roupas de alta-costura, ter uma marca própria, viver entre modelos.

Seu alento era quando ia para Belo Horizonte, principalmente suas passagens pelos corredores do segundo andar do tradicional edifício Arcangelo Maletta, no sebo Shazam, de onde saía carregado de literatura russa, mais poesia e contos do que romances. Ou suas passadas no Spyro, barzinho gay meio secreto (e esse era o charme) frequentado pela classe média da capital mineira.

Incentivado por Raul, seu primeiro namorado, criou a marca Zaum (uma homenagem aos poetas russos futuristas), vendida em algumas lojas descoladas de Betim e de Belo Horizonte. O primeiro erro já lhe custou caro: equivocaram-se na escolha da matéria-prima, muito cara, e transferiram isso para o custo do produto, na hora da precificação. Eram roupas arrojadas, é verdade, então tinham um produto estranho e mais caro que a concorrência: foi um fracasso. Os prejuízos foram absorvidos pela família e Raul desapareceu da mesma maneira que apareceu: num toque de mágica.

Esse foi o primeiro embate entre arte e mercado de Arthur, e também a primeira desilusão amorosa do nosso intrépido herói. O fato é que Arthur nunca largou o estilismo, e mesmo no dia de sua morte, com os pulmões cheios de água e olhos esbugalhados, os bombeiros se espantaram com suas vestimentas refinadas. Morreu de costume, calça de linho e sapato.

"Não dou dinheiro para esses bostas" era seu bordão. Não comprava calças, camisas ou costumes de marcas em lojas, desenhava e mandava fazer, geralmente em linho, que considerava um tecido vivo, que se transformava minuto a minuto, com o uso. No fim era mais barato do que comprar nas lojas, e também ele podia usar as roupas que quisesse, com o corte que quisesse. É claro que isso lhe conferia uma aparência de dândi, ainda mais que usava sempre acessórios, como chapéus, quepes, lenços. Eu o vi duas vezes sem chapéu, na rua, andando com passos leves, era engraçado. E acredito que ele se idealizava visualmente como outro homem de teatro que se vestia muito bem: Samuel Beckett.

Ao menos o cabelo ele cortava muito parecido, e usava o mesmo tipo de aros dos óculos. Ambos eram muito magros, mas Arthur parecia muito mais formal, pois estava quase sempre de costume. A verdade é que Arthur se parecia muito mais fisicamente com o dançarino Carlinhos de Jesus do que com Beckett, mas acho que ninguém nunca ousou dizer-lhe isso.

Há uma foto em preto e branco de Arthur, magro, de chapéu, usando um cachecol, ao lado de Álvaro Apocalypse, com os dois trabalhando numa prancheta de desenho. Esta foto está no acervo do Museu Giramundo, em Belo Horizonte, e ali, no jovem Arthur, é possível ver que sua pose de dândi não escondia sua ambição, de maneira alguma.

O Giramundo Teatro de Bonecos foi criado em 1971, em Belo Horizonte, pelos artistas plásticos, e professores da Universidade Federal de Minas Gerais, Álvaro Apocalypse, Terezinha Veloso (esposa do Álvaro) e Madu, e abriu seu caminho na história das artes cênicas brasileiras com bonecos inusitados, espetáculos experimentais e cenas surrealistas. É, provavelmente, até os dias de hoje, o grupo de formas animadas mais famoso da América Latina. Álvaro e Arthur conheceram-se em Betim, na semana de teatro do município. Arthur foi levado ao camarim do grupo pelo próprio prefeito da cidade (que era amigo da família), e, depois de dois minutos de conversa sobre amenidades, disse que era estilista e tinha algumas ideias de roupas para os bonecos. Mostrou alguns rascunhos para Álvaro, que, muito generosamente, se mostrou interessado. Marcaram de se encontrar no dia seguinte na tradicional padaria Center, já que o grupo passaria toda a semana na cidade. E, enquanto tocava Stan Getz no rádio e sorviam seus cafés, combinaram que Arthur faria alguns figurinos, mas também ajudaria nos desenhos, já que tinha um bom traço.

Desde a década de 1970 que o teatro de formas animadas no Brasil já trilhava novos rumos e propostas, não mais associado apenas ao teatro infantil. Então Arthur sabia que essa era a sua chance, talvez a única, de largar o marasmo de Betim para ter um contato verdadeiro com a arte. E, com um cicerone do calibre de Álvaro, não tinha o que temer.

Álvaro era perfeccionista e estava atento a toda a linha de montagem de um espetáculo, da concepção à encenação, e os projetos técnicos dos bonecos eram esmiuçados à exaustão. Era sobretudo um homem do desenho, e encontrou em Arthur, um iniciante com fome de aprender, e também alguém do desenho, um possível grande parceiro.

Em Arthur já existia esse desejo de convergir para outro domínio: queria que seus traços e suas curvas que estavam estáticos numa folha de papel ganhassem vida real, ou ao menos a representação do real. E ele nunca esteve sozinho, o teatro de bonecos fascinou outros homens do desenho e da pintura, muito mais famosos e talentosos do que ele, como Bonnard, Kandinsky, Klee, Picasso e Miró, justamente pelo aspecto tridimensional e pela possibilidade do movimento: uma obra plástica em movimento.

Os humanos sempre estiveram condenados à necessidade de reproduzir sua imagem (mesmo Deus não fez os homens à sua imagem e semelhança, segundo a Bíblia?), buscando sua representação há séculos e séculos, de maneira animada no teatro (como nas tradições chinesas, japonesas e indianas), ou mesmo de maneira estática, como no caso dos totens e das pinturas. Aprenderia com Álvaro que animais, humanos e elementos da natureza têm possibilidades quase infinitas de movimentos ou expressões, mas um boneco, não. Então a arte da animação exige a condensação, com movimentos programados, treinados, um verdadeiro teatro de contenção. A mesma contenção que buscava ao criar suas roupas.

Já tivera experiências traumáticas com o teatro anteriormente: no ensino médio a tentativa de montar *A paixão de Cristo* terminou numa briga generalizada entre os atores. Depois tentou dirigir um grupo de teatro amador, no qual todos os atores se achavam geniais e não conseguiram sequer estrear a peça, um auto do Gil Vicente. Arthur queria descortinar este mundo onde a arte era se ocultar e dar visibilidade ao boneco.

Artistas e pesquisadores como Heinrich Von Kleist, Maurice Maeterlinck, Alfred Jarry, Edward Gordon Craig e Vsevolod Meyerhold cercaram-se do teatro de animação como gênero artístico e da marionete como uma referência para o novo caminho da interpretação.

A expectativa de um teatro em que o ator fosse quase invisível lhe parecia uma alternativa ideal, um teatro mais intimista, para pequenos públicos, sem estrelas, no qual a vontade humana era direcionada para objetos ou sombras ou luzes, e não para o ator. Um teatro com o desafio de fazer com que a plateia acreditasse que aquele ser inerte tinha vida, personalidade.

E agora ele tinha nas mãos a oportunidade de trabalhar com o grupo que estava revolucionando as formas animadas. Sua família não aprovara a ideia de ele ir morar em Belo Horizonte, estavam cansados das furadas do caçula sonhador. Mas ele foi, mesmo assim.

7.

Acabei me acostumando com a vida nos hotéis. O silêncio das quatro paredes, os olhares curiosos dos recepcionistas, a impessoalidade de tudo: você é apenas um número, o do seu quarto. "Um misto-quente, por gentileza, aqui no 407", ou "Seria possível dar uma olhada na internet, aqui no 308, não está funcionando".

Desde 2004 ministrava oficinas de escrita criativa no estado, e com o surgimento em 2006 de um programa específico de produção literária no Sesc passei a ter uma vida errante, que me levou para diversas cidades do estado.

Eu observava cada detalhe dos hotéis, das decorações impessoais à qualidade dos produtos de higiene. Mas a nota que mais importava sempre cabia à cama, o conforto dela, os tipos de lençóis e fronhas. E eu me espreguiçava serenamente naquele domingo na cama do Caitá Hotel de Concórdia quando o som do telefone rompeu o silêncio. Pigarreei e atendi.

— Pronto!?

E a voz de Melissa soou suave e divertida no outro lado da linha:

— A água está fria. Mas a lua está linda.

— Como você me achou aqui?

— Tenho meus métodos.
— Você me parece cheia de surpresas.
— O que você está fazendo?
— Deitado, descansando, ontem dei aula até as nove da noite e depois tomei umas cervejas com os alunos.
— Alguma aluna especial?
— Você está com ciúmes das minhas alunas?
— Você está respondendo à minha pergunta com outra pergunta. É a clássica confissão.
— Não, nenhuma aluna especial.
— Quando você volta para Jaraguá?
— Só no sábado que vem.
— Nossa!
— Eu finalizei a oficina aqui e, hoje à noite, vou para São Miguel do Oeste, onde vou me encontrar com um colega, o Manoel Ricardo, e juntos vamos fazer as atividades de lá.
— Legal.
— O que você achou do texto?
— Só falo sobre ele ao vivo e em cores. Mas acho que essa ligação pode ser sua resposta, ou não? Qual sua cor preferida?
— Hum... Acho que...
— Acha?
— Verde, acho que verde, seguido pelo azul.
— Ótimo.
— Por quê?
— Usarei um vestido verde no nosso encontro.
— Uau, estou começando a gostar disso.
— E vai gostar mais e mais.
— É uma promessa?
— Uma certeza.

— Pelo que vejo você é cheia de surpresas e certezas.
— E de tesão também.
— Então me parece que temos um pacote completo aí.
— Comigo é tudo ou nada.
— É uma promessa ou uma certeza?
— Tesão.

8.

Arthur e Lauro costumavam ir juntos ao teatro, sentavam-se lado a lado, cada um com uma caderneta, se cutucavam quando achavam algo ridículo ou engraçado, bufavam quando se irritavam. A última vez que foram ao teatro juntos, em julho de 2008, foi também a última vez que se viram. A peça chamava-se *O manifesto das sombras*, do Grupo Ubu Rei, de Florianópolis. O diretor do grupo, Ricardo Sattin, era um inimigo declarado de Arthur. Chegaram até a discutir publicamente, pois Arthur respeitava críticas, quando eram abertas, mas odiava o tipo de verme mais comum no meio artístico: o rancoroso fracassado. Aquele que, por não conseguir o mesmo espaço ou divulgação no seu trabalho, começa a atacar, sempre na surdina, nunca abertamente, a vida pessoal e a vida artística do alvo, numa tentativa de desqualificar o trabalho. E Sattin nunca suportou o sucesso dos dois espetáculos do Gefa, bem embaixo do seu nariz. "Como esses caipiras do interior conseguiram fazer uma porra dessa e viajar para a metade do mundo?" A mãe de Sattin morava em Jaraguá do Sul, e um dia, no restaurante do Parque Malwee, quis o destino, esse engraçadinho, que os dois ficassem frente a frente, no buffet. Arthur foi categórico: "Os ratos odeiam as cobras, sempre foi assim." Sattin o mandou tomar no cu, e os garçons vestidos com roupas típicas alemãs tiveram que segurar os dois homens de teatro que ameaçaram se engalfinhar. Seria uma briga engraçada, eram magros e quase curvados, e não pareciam saber dar socos. Ambos eram afeminados e logo a quase-briga virou motivo de piadas nas mesas ao redor, e ambos foram embora, envergonhados e sem comer.

Durante alguns meses Arthur ficou sem ter notícias de Sattin, até que recebeu uma carta com um convite para a estreia de seu novo espetáculo: "Este espetáculo é para você." Arthur achou tudo estranho: era a primeira vez que o grupo de Sattin estreava um espetáculo em outra cidade que não Florianópolis e ainda fazia questão da presença de seu inimigo?

Lauro tentou convencer Arthur de todas as maneiras a não ir, mas não teve jeito: Arthur estava ali para ver o que era para ele. Não tinha medo de Sattin, nem de ninguém. O estado era pródigo em grupos fracassados, que ora se refugiavam na crítica, ora colocavam a mão numa grana do governo e resolviam se aventurar. Quando chegaram ao pequeno teatro (que nem era tão pequeno, com quase trezentos lugares) do Centro Cultural de Jaraguá do Sul, foram encaminhados diretamente para a primeira fila, por uma assistente de Sattin. Um pano translúcido cobria toda a frente do palco, quase como uma tela de cinema, e uma fraca luz que parecia vir de muito longe deixava ver as sombras de duas cadeiras, uma mesa coberta por uma toalha, uma caixa de fósforos, uma vela apagada sobre um pires.

Lauro suava. Arthur estava tranquilo.

A luz se apaga e a plateia fica no escuro.

Risca-se um fósforo, há um casal no centro, ele acende a vela e somos iluminados apenas por aquela luz no palco. Vemos apenas as sombras deles, projetadas na tela, e as vozes de um homem e de uma mulher começam a soar, um tanto desafinadas.

— Esse vai ser nosso primeiro jantar à luz de velas! — grita a voz masculina.
— Cadê a comida, então? — responde a feminina.
— Vai ser um jantar imaginário, como se estivéssemos na Terra do Nunca.
— É preciso faltar luz para eu ter um jantar à luz de velas?
— Nem vem. Imagine a comida mais maravilhosa que você puder.
— Não.
— Imagine algo que você gostaria de comer agora.
— Não.
— Qualquer coisa, vai, senão eu vou para a cama dormir.
— Lagosta.
— Mas você nunca comeu lagosta.
— E daí? Tenho vontade, dizem que é mais gostoso que camarão.
— Não.
— Como não?!
— Tem que ser algo que você já comeu!
— Por quê?
— Porque sim! Fui eu quem inventou a brincadeira e você deve conhecer o que vai comer imaginariamente, para fingir saboreá-lo; se tiver sorte, até sentirá o cheiro da comida.

— Mas eu posso imaginar que o gosto da lagosta é igual ao do camarão, pronto, ambos são crustáceos, devem ter alguma similaridade no sabor.
— Não.
— Então eu vou dormir.
— Está bem, está bem, te faço essa concessão, só essa.
— Certo. Então, como começamos?
— Se imagine no melhor restaurante de Nova York.
— Não posso.

O homem passa as mãos no cabelo e se remexe na cadeira, demonstra uma leve irritação.

— O que foi agora?
— Eu não consigo, eu nunca fui a Nova York, eu nem sei como são os restaurantes de lá. Você disse que tem que conhecer para imaginar.
— Então tá! Vou ser mais didático. Você já viu filmes em que apareciam restaurantes chiques, não viu?
— Vi.
— Então pense num deles. Por favor, use a imaginação. Pensou?
— Sim.
— Então agora é contigo. Dê asas à imaginação. Descreva.
— Então tá. Eu conduzo agora, pode ser?
— Nossa! Tornou-se a rainha da imaginação de uma hora para outra; vamos lá, dê asas.
— Lá vai; vou começar!
— Manda bala!
— Estou em Nova York, numa limusine prata. Estou usando um vestido vermelho costurado por Tom Ford, lindo, decotado; meus seios, muito maiores que os que tenho de verdade, reluzem ao luar.

— Mas você não está dentro da limusine?

— Espere eu acabar de contar, o carro tem teto solar ou lunar, pronto, está aberto.

— Ah, tá!

— A limusine para defronte ao restaurante mais chique da cidade, o La York.

O homem se agita e vai falar algo, ela levanta a mão para que ele se cale.

— O chofer sai carregando um pesado tapete vermelho. O estende, abre a porta, desço eu, glamorosa, o vento faz com que meus cabelos sedosos balancem, espalhando uma fragrância irresistível; e muitos homens vêm me cortejar, estender a mão, os seguranças do restaurante me protegem...

O homem range a cadeira, inquieto.

— Agora chega... que história de um monte de homens é essa?!

— Estou brincando... é só para te fazer ciúmes...

Dá um beijo nele e lhe faz carinho nos cabelos.

— Mas agora me deixe continuar... no restaurante as mesas são de diamantes...

Ele ri e ela lhe dá um cascudo carinhoso na cabeça.

— ... e o chão é de ouro...

Ele faz gestos de surpresa e de impressionado.

— ... não há paredes, são espécies de aquários gigantes onde se podem ver diversos crocodilos, lindos, todos calminhos, são crocodilos australianos, de seis metros de comprimento, percorro as mesas e vou até o fundo do restaurante, onde o Duque Dom Bonzão me aguarda, um homem muito bonito...

— Obrigado!

— É um dos homens mais bonitos do mundo, se não o mais bonito, usa um smoking impecável, também vermelho...

— Vermelho?

O espetáculo começara de maneira terrível e a dramaturgia era um lixo. Mas Arthur e Lauro continuaram ali, prestando atenção em tudo, pois sabiam que algo estava por vir e era para eles, para a ruína deles.

Mais tarde tive acesso ao texto integral da peça de Sattin e então pude deduzir o movimento que lacrou a sorte de ambos.

9.

Arthur largou seu posto na Sobrossa Tecidos e foi para Belo Horizonte, para dedicar suas tardes, voluntariamente, ao Giramundo. Sua mãe, gerente financeira da Sobrossa, conseguia fazer com que milagrosamente uma mesada caísse na conta dele, para cobrir ao menos suas despesas básicas, como aluguel e comida. Tudo à revelia do pai. Fez poucos figurinos, para dois ou três bonecos, até porque havia muito mais gente capacitada para isso no grupo. Mas, por desenhar bem e ter boas noções de proporções, passou a ajudar Álvaro a resolver desarranjos técnicos de alguns bonecos, prevendo problemas já no projeto. E Belo Horizonte fervilhava: na época surgiram dezenas de grupos, claramente inspirados no sucesso do Giramundo, e a cidade estava no caminho de ser o grande polo de teatro de bonecos do país. Mas a ilusão durou pouco tempo, e grande parte das companhias não sobreviveu ao primeiro espetáculo. Mas pelo menos Arthur conseguira ter contato com diversas vertentes da animação: estava na época e lugar certos.

Pôde ver diversas expressões das formas animadas por dentro, pois muitas eram utilizadas no Giramundo, mas também como espectador, nas ruas, pequenos teatros e fundações culturais.

Primeiro se encantou com os bonecos do teatro de sombras, bonecos articuláveis ou planos que eram projetados por um foco de luz numa tela ou superfície e que na Antiguidade, na China, Índia ou Turquia eram projetados com lamparinas ou velas. Mas hoje havia fontes de iluminação diversificadas, como lanternas, refletores, projetores de vídeo et cetera.

Depois pelo fantoche, aquele boneco que o ator-manipulador "calça", pois o corpo do boneco é geralmente de tecidos e a cabeça esculpida de madeira (ou então todo de tecido). Enquanto o indicador manipula a cabeça, os dedos polegar e médio dão vida aos braços. Havia os bonecos de varas (bonecos acoplados a varas ou hastes) e os de manipulação direta, movimentados por atores-manipuladores à mostra. Era possível trabalhar em grupo com um boneco (um manipulador segura e movimenta a cabeça, outro os braços e um terceiro as pernas) ou sozinho, mas sempre numa dança que exige sincronia, e muita habilidade.

Ficou encantado com os espetáculos inspirados no modelo específico de teatro de animação japonês conhecido como "Kuruma Ningyo". Bonecos de até oitenta centímetros cujos pés eram atados aos do ator-manipulador, que ficava sentado em um banquinho com rodinhas, proporcionando o deslocamento do boneco. Com uma das mãos sustentava o corpo do boneco, na região do tronco, de onde saía o acionamento da cabeça. Com a outra, o ator-manipulador acionava as duas mãos do boneco.

Elementos do teatro negro (os atores-manipuladores ficavam invisíveis para o público) estavam em toda parte também. Geralmente um cenário em fundo negro onde os atores-manipuladores ficavam com figurinos completamente pretos, produzindo assim a ilusão de que bonecos e objetos possuíam movimentos próprios, sem a presença humana.

Mas nada o impressionou tanto nesse início como as marionetes, esses bonecos regidos por fios que por fim eram regidos por uma cruz que por fim eram regidos por um ator-manipulador. Um marionetista conseguia, com uma só mão, manipular a cruz e coordenar o peso, o eixo e as pernas do boneco, sendo possível representar diversos movimentos, humanos ou de animais, com perfeição.

Pensou até em contar a história de Gepeto em marionetes. Aquele marceneiro triste que morava numa vila italiana e resolveu esculpir um boneco chamado Pinóquio (que acabou ganhando vida própria) para lhe fazer companhia. Mas teve conhecimento de suas limitações já na primeira vez que usou uma marionete: seria impossível manipular Gepeto e fazê-lo segurar uma pequena marionete, o Pinóquio, ainda mais com os parcos recursos técnicos dele na época.

Havia, porém, um mundo de possibilidades, um mundo a ser conquistado, mas ele era apenas um assistente secundário de Álvaro, e, vendo como estava estruturada a companhia, demoraria muito tempo até ter algum tipo de destaque dentro do grupo.

Arthur começou a circular com facilidade na cena underground da cidade, e passou, secretamente, a colaborar com outros grupos. Em um ajudava a confeccionar o boneco, noutro desenhava o figurino, e também escreveu algumas peças para bonecos. Começaram a chegar notícias de tudo que acontecia na Polônia, onde os encenadores Madzik, Kantor e Grotowski trilhavam seus caminhos com um forte apelo ao visual e criando outro tipo de relação com os objetos no palco.

O diálogo com linguagens como a dança, o circo, a performance, as artes plásticas, o cinema e os espetáculos multimídias tornaram o teatro de animação mais plural, mas também um pouco distanciado das matrizes que historicamente o levaram a ser popular nas ruas, escolas e praças. Para a romena Margareta Niculescu, marionetista, diretora e pedagoga, a animação é como uma orquestra, são muitos instrumentos, e cada um deles não se constitui somente em técnica, mas pressupõe também uma estética.

Quando percebeu que sempre seria uma mosca ao redor da lâmpada, pois o Giramundo era um celeiro de artistas muito mais talentosos que ele, e munido de uma dose de inveja e outra de despeito, pediu para interromper sua colaboração. Álvaro não entendeu como alguém que queria trilhar os caminhos das formas animadas não quisesse estar ali, no olho do furacão, num dos principais centros de pesquisa e criação do país.

Mas havia tanta gente querendo colaborar com ele que no final da tarde já havia esquecido Arthur, que intensificou sua peregrinação pelos grupos mais obscuros da cidade, e trocava de companhia como de parceiro sexual.

Nessa época nasce o primeiro embrião do Gefa, quando Arthur abandona suas diversas colaborações e começa sua parceria com Raul Molina, marionetista argentino que até então ganhava a vida com seus títeres nas cercanias da Praça da Liberdade. Molina fora um dos inúmeros discípulos de Javier Villafañe, o grande marionetista e escritor argentino que rodou o mundo com seus bonecos: um homem das ruas. Molina não tinha o mesmo sucesso do mestre, pois mesclava temporadas regadas a longas bebedeiras com as de trabalho árduo. Arthur e Molina conheceram-se na Praça da Liberdade, quando o brasileiro se surpreendeu com a leveza dos bonecos de Molina: como era possível que aqueles bonecos um tanto toscos tivessem movimentos tão graciosos? E com apenas um metro quadrado hipnotizar dezenas de transeuntes? Começaram a conversar todos os sábados, logo após as apresentações, até que resolveram enfim juntar seus trabalhos: Arthur aperfeiçoaria os bonecos, os figurinos e os cenários, e Molina prepararia Arthur para entrar em cena, para ir para a rua, para manipular os bonecos pela primeira vez aos olhos de uma plateia. O primeiro espetáculo não poderia ser outro senão *Dom Quixote*, livro de cabeceira de ambos.

Arthur soube captar a essência do planejamento do Giramundo: de indivisível organização. Álvaro era um homem do desenho, alguém que botava ordem no caos pelas linhas, e ele também era um homem do desenho.

Então Arthur projetou e, com ajuda de um marceneiro, fizeram a nova estrutura de apresentação. E também todos os novos bonecos: marionetes e de manipulação direta.

O teatro desmontável que construíram tinha dois por dois metros e toda a estrutura cabia na Brasília 1973 dele (como o irmão mais velho ganhou um carro, coube ao mais novo o seu quinhão também, por intervenção da mãe), da qual tirou os bancos traseiros para que acomodasse tudo. A estrutura era montada em menos de vinte minutos em qualquer lugar, e ninguém acreditava que aquilo tudo cabia numa Brasília.

Molina era um gênio da manipulação, e, com seu sotaque carregado, foi ensinando o seu ofício, assim como Villafañe fizera consigo. Como um pai, diariamente mostrava ao seu filho os princípios básicos dos movimentos das marionetes. Com a mão sobre a mão de Arthur, ia mostrando como os fios se comportavam e o quanto a cruz era instável. Arthur se deu um pouco melhor manipulando diretamente os bonecos, e evoluía rapidamente, pois entendeu como as ações dos bonecos deveriam ser verossimilhantes para a imaginação do espectador. Pura técnica, alcançada com muito treinamento. Entendeu o quanto tudo deve fluir, como os pontos articulatórios do boneco devem trabalhar paralelamente com as articulações dos membros do ator-manipulador, para que os bonecos tenham uma resposta rápida sob qualquer estímulo. Aprendeu a respeitar o eixo vertebral do boneco (linha imaginária que vai até os pés do manipulador), garantindo uma relação de gravidade do boneco com o espaço, assim como a encontrar uma altura constante, o espaço cênico do boneco.

Aprendeu vendo, fazendo, de verdade.

Mandaram esculpir em madeira leve um Dom Quixote de um metro e meio, que numa das mãos tinha a lança e na outra um chapéu de palha, no qual pingavam as notas e as moedas, e uma placa pendurada no pescoço anunciava os "Quixotes da rua: Molina & Sobrossa". Mas o que dava mais dinheiro mesmo eram as réplicas dos bonecos do espetáculos, fantoches feitos com tecido e EVA, que podiam ser facilmente manipulados e eram vendidos após o espetáculo. Pais, mães, avós, tios levavam esse bonecos na esperança de repetir algum tipo de encanto nas crianças da família.

E foram felizes por pelo menos dois anos, pois eram livres, apresentavam nas ruas, para pessoas com quase nenhum dinheiro, mas que ao final das palmas deixavam um pouco do pouco que tinham. Parecia honesto, não havia produtores, aluguel de teatros, cartazes ou alguém com olhar inquisidor por trás de um vidro esperando dinheiro. O mundo era um palco e pessoas choravam e diziam que nunca tinham visto nada tão belo. E eles se apresentavam onde houvesse fluxo de pessoas, nas principais praças de Belo Horizonte: às vezes policiais ou fiscais os expulsavam, mas na maioria das vezes assistiam e compravam os fantoches.

Molina ficava com os personagens principais, Dom Quixote, Sancho Pança e Dulcineia, e Arthur surgia com os restantes, como moinhos surrealistas, derretendo à la Salvador Dalí, ou com um Basílio, o barbeiro. A verdade é que o espetáculo de vinte e cinco minutos buscava toda a essência do livro de Cervantes e não era, de nenhuma maneira, uma adaptação feita às pressas. Arthur e Molina se debruçaram febrilmente no livro durante meses, até conseguirem pensar num espetáculo que fosse dividido em cinco partes, de cinco minutos (Molina acreditava que a maioria do público transeunte ficava apenas cinco minutos, e apenas um terço assistia a tudo).

O espetáculo era de uma sofisticação ímpar se comparado com outros de rua, apenas uma minoria de profissionais (o restante, um bando de desesperados tentando pagar as contas de qualquer jeito). A *Gazeta de Minas* dedicou uma página ao espetáculo, com o título "Artesãos da alma", e começaram os convites para os festivais, primeiro na cidade, depois no estado.

Mas logo Molina cessou seu período produtivo, parou de intercalar a bebida e o trabalho e acabou por ficar apenas com a bebida. Terminou mijando algo parecido com farelo de cupim, só que mais escuro. Seu fígado se desintegrava aos poucos, e certo dia foi levado ao hospital e de lá não saiu mais, até a morte. Ninguém reclamou o corpo. Nem Arthur.

10.

No início da década de 1980, surgiu uma livraria em São Miguel do Oeste, quase na divisa com a Argentina, e como os livros eram bons, ficaram encalhados por anos e anos. Naquele 2007, quando eu e o poeta Manoel Ricardo de Lima encontramos esse paraíso perdido, saímos falidos, carregando fardos e fardos de livros, e só dezenas de cervejas aplacaram nossa euforia: primeiras e raras edições de poesia brasileira, livros raros da Francisco Alves, a primeira grande editora do país, e vários materiais de pequenas editoras extintas. O acaso, este livreiro sensível, fez com que, no meu encontro com a livraria, eu saísse com as primeiras edições brasileiras de *Visível escuridão*, do William Golding, e *Da vida de marionetes*, do Ingmar Bergman. É assim, ou mais ou menos assim: são os livros que nos encontram.

Como as oficinas com os alunos eram sempre à noite, das dezenove às vinte e duas horas, antes eu conseguia trabalhar em meu romance, que já estava atrasado, e muito.

Era um livro estranho, mas eu era estranho e tudo que sempre escrevi era estranho. Intitulado *O museu do rancor*, o romance já estava com cento e noventa páginas de word, e com a previsão de chegar a trezentas (que no formato de livro daria algo como setecentas, um monstro).

Mas as mensagens de celular me atrapalhavam um pouco.

Melissa mandava dezenas de mensagens por dia, e eu achava divertido ter alguém com ciúmes de cada passo meu. Havia pouco tempo eu tinha saído de um relacionamento de sete anos, no qual a falta de vontade e a inexperiência foram afastando as partes até uma placa glacial surgir e nos tornar incomunicáveis. E comecei a beber diariamente e a consumir Ritalina, anfetamina prescrita para adultos e crianças portadores de transtorno de déficit de atenção e hiperatividade, que conseguia com uma amiga farmacêutica.

Quando eu tomava Ritalina ficava hiperconcentrado, conseguia ler e escrever por horas, e, quando queria ficar um pouco mais doido do que já era, tomava diversos comprimidos por dia, com uísque, em busca de euforia. Mas, com sentimentos plastificados e o fígado estourado, não conseguia mais comer direito. A minha sorte eram as viagens, pois a Ritalina acabava e eu não conseguia comprá-la sem receita, o que me deixava alguns dias "limpo". A chegada de Melissa na minha vida ajudou a evitar a Ritalina, pois ela tinha um método de preenchimento que era quase infalível: se fazia presente a todo instante.

Como uma roteirista, ela ia criando temas e assuntos que iam me envolvendo de tal maneira que rapidamente fui absorvido por sua vida. Ela transformava um dia na loja de roupas onde trabalhava numa impressionante odisseia, e parecia uma verdadeira escritora, que sabia captar a essência dos dias, enquanto eu chafurdava sempre na recorrência espiral da literatura pela literatura.

Ela me contou sua vida por mensagens de celular, durante os cinco dias que fiquei em São Miguel do Oeste.

Para ela, cada dia era uma batalha, e, para conseguir fechar os olhos à noite, apelava para comprimidos de Torsilax, que desciam rasgando sua garganta e lhe caíam no estômago como uma bomba. Ela estava largando os relaxantes musculares, e eu as anfetaminas, que loucura. Mas é que tão logo a mistura de cafeína, carisoprodol, diclofenaco sódico e paracetamol fazia efeito, ela sorria e afundava na cama, e quando fechava os olhos entrava numa espécie de vigília calculada. Mas levantava ao menos três ou quatro vezes por noite, por motivos diferentes: pegar água para Maria, sua irmã, grávida de trinta e oito semanas, desconfortável em seu próprio corpo, rolando a noite inteira na cama. Ou ver por que Renatinho, seu irmão de nove anos e meio, hiperativo e genioso, estava gemendo, choramingando ou coberto demais ou de menos. Ou então pedir à mãe que desligasse a TV. Todos no pequeno apartamento de menos de cinquenta metros quadrados (dois quartos, banheiro, sala-cozinha e lavanderia). Acordava às cinco, custosamente, com um som de xilofones fanhos do seu Motorola velho, sempre com uma azia terrível, com o gosto amargo dos remédios na boca, e com um mau humor daqueles, mas não podia perder tempo com ranzinzices, pois entre cinco e sete horas precisava tomar banho, passar e fazer o café e acordar, trocar, alimentar e deixar o Renatinho na escola, a menos de um quilômetro de seu apartamento (alugaram este justamente por isso). "A vida não é para amadores, bobeou, ela te atropela", não cansava de repetir. Conseguia sempre pegar o latão das sete horas e quinze minutos, chegava na loja de roupas em que trabalhava antes das oito. Consultora de moda. Dizia o crachá. Soava bonito, mas na verdade era vendedora de ternos, costumes e camisas, dos de qualidade mais que duvidosa. Ficava no terceiro piso, na companhia de outras quatro vendedoras, repetindo preços e modelos.

Ajudava os homens a vestirem seus ternos, dava opiniões sobre combinações, mostrava umas fotos e catálogos, e marcava as barras da calças com alfinetes para que fossem customizadas. "Muito bom, ficou perfeito." "O senhor ficou muito elegante." "Sim, todos os nossos ternos e costumes vêm da China, e são de alta qualidade." "Não, cem por cento algodão não temos, infelizmente." "O senhor sabe quanto custa um terno de linho?"

A parte do seu trabalho de que ela mais gostava era a de arrumar as araras, os ternos, dobrar as camisas, catar os alfinetes pelo chão, um trabalho mecânico que lhe permitia divagar. E não precisava falar com ninguém, nem adular, ou rastejar como um verme, sempre com um sorriso na boca. "Realmente ficou muito bom, seu cabelo combina com o brilho do terno." "Não quer levar mais uma camisa, e uma meia para combinar?" "Vai arrasar!"

E nessas horas, quando se perdia em divagações, sonhava em se casar, o quanto antes, para se livrar da família pobre, dos problemas, ter alguém com quem dividir os problemas.

Ela não tinha saída, não podia pular fora por enquanto, a família esperava que ela fosse uma solução, que arrumasse um bom emprego ou um marido rico, e não fosse idiota como Maria, dando para metade do bairro e sem saber quem é o pai do moleque por vir. Mas Melissa era diferente, gostava de ler desde a escola, dizia sua mãe, com a boca cheia. Havia feito aulas de teatro e música, com bolsas de estudos do município, sabia falar e se portar em público, sabia o que queria. Naquele momento, ela queria Carlos Henrique Schroeder, o escritor drogado. Um ferrado: um escritor, porra. Por acaso a mãe dela tinha noção do que era ser escritor no Brasil?

E enquanto ela pensa na vida, no terceiro piso de uma quase falida loja de roupas, e me manda mensagens, me conta sua história, eu tento me concentrar em meu romance, com dificuldades, pois penso nela também, na sua vida ferrada, plausível, de gente de carne e osso. E chego à conclusão de que precisava voltar para o teatro, mas não queria mais saber de atores, de diretores, e olhei para a capa de um dos livros que comprara: a palavra marionetes estava lá.

11.

— Então o garçom traz o cardápio, é isso?
— Não, primeiro vem o maître.
— Mas esse é um restaurante diferente, só tem garçom.
— Certo.
— E não me interrompa mais!
— Certo.
— Eu peço uma coca-cola e você um red label...
— Querida... por favor... que pobreza... Champanhe, querida... Champanhe! Red é podre!
— Mas que merda! Pare de interromper, é a minha história...
— Tá... tá... tá...
— Pedimos champanhe e uma porção de camarões; quando chegou, comemos.
— Como assim? Quando chegou, comemos! Você narra quase um filme inteiro e quando chega na hora de comer você fala só três palavras: "Quando" "chegou", "comemos"!
— Ah! Você interrompe a toda hora, e eu estou cansada, minha imaginação cansou, pronto!
— Continua, estava indo muito bem, vai!
— Não, agora é a tua vez.

— Então vamos lá, eu vou pular todos os detalhes, vamos fazer assim: do além surge aqui nesta mesa um prato de coxinhas de frango, assadas na grelha, cobertas por queijo ralado...

— Humm... que delícia...

— Agora, mais do que nunca, necessitaremos da imaginação... Olhe, ao lado da vela está o prato, está ainda saindo fumaça... Feche os olhos por um instante... Consegue sentir... O cheirinho... Usemos nossa memória... Imagine...

Os dois de olhos fechados começam a farejar.

— Hum... parece estar uma delícia...

— E está, acabei de tirar da churrasqueira... sinta...

— Estou sentindo...

— Agora abra os olhos e verifique, que maravilha, estão crocantes, por dentro estarão macias, suculentas...

— Estou ficando com água na boca...

— Agora eu experimento primeiro, olhe bem...

Ele faz pose grave, pega um garfo imaginário, finge escolher a melhor no prato e morde com vontade, mastigando ruidosamente.

Ela pega uma coxinha e começa a mastigar.

— Realmente está muito boa...

— O queijo ralado, então... deu o grande toque final...

— Se eu te disser uma coisa você não vai ficar chateado?

— Não, meu amor!

— Eu acho que você deveria ter posto um pouco mais de sal.

— Não tem problema, crie um sal imaginário, e ponha.

Ela levanta as mãos, olha para o canto da mesa e pega o saleiro, colocando um pouco de sal no prato.

— Queres cerveja ou refrigerante?
— Uísque!
— Uísque com coxinha de frango?
— Já que não posso tomar de verdade porque logo fico de pileque, vou encher a cara hoje.
— Então pega aí, toma no bico mesmo.

Ela pega da mesa a garrafa imaginária, toma um bom gole, devolve a garrafa à mesa. Levanta-se e começa a espernear, como se tivesse comido pimenta:

— Merda! Merda!
— Esse é do bom! Viu? É só querer! Vamos mudar de brincadeira agora?
— Por quê?
— Sei lá, enjoei!
— Mas agora que estava ficando divertido, vamos, só mais um pouquinho...
— Não, chega. Isto foi só um aperitivo, agora vem o melhor.
— O quê?
— Vamos realizar algumas fantasias sexuais.
— Ah. De novo? É tudo pretexto pra me comer até me esfolar.
— Hoje será uma sua.
— Não! Eu não tenho fantasias sexuais!
— Todos têm fantasias sexuais!
— Eu, não!
— Sei.
— Não!
— E no que você pensa na hora da siririca?
— Você e seus golpes baixos!
— Diga.
— Sei lá! Você quer que eu me lembre de tudo?

— Eu só quero provar que você tem tantas fantasias sexuais quanto eu!

— Duvido. Você toca duas punhetas por dia.

— Você não vai me contar, né? Então, azar o seu, eu realizo a minha.

— É que eu não tenho mesmo!

— Dessa vez eu deixo passar. Vamos à minha!

— Como é que é?

— Eu sou um dramaturgo famoso, muito famoso, e dirijo minhas próprias peças, que fazem sucesso em todo o país. Eu sou uma companhia de teatro de um homem só.

— Como assim?

— Eu faço teatro de animação, sou um marionetista.

12.

Arthur sentiu-se traído por Molina. Compartilhou seus sonhos, suas esperanças, e acreditava que sim, juntos poderiam fazer os maiores espetáculos de bonecos de rua do país. Canalizou sua raiva para conseguir se apresentar sozinho, e conseguiu. Ele se dedicou com todas as forças àquele espetáculo e tinha, de verdade, Molina como um mestre. Mas o que fazer quando o mestre não aparece mais, quando você precisa montar e encaixar dezenas de artefatos de madeira e apresentar tudo sozinho e ao final do dia esse mestre vem, bêbado, fedendo a fernet com coca-cola, atrás do dinheiro? E quer quebrar tudo. Uma. Duas. Três. Quatro vezes.

A desilusão de Arthur veio acompanhada de outras, inúmeras: a aids estava devastando os gays belo-horizontinos, e amigos e ex-namorados dele morriam mês a mês. Inacreditável como Arthur, com a profusão de parceiros que teve nesse período, não tenha sido contaminado.

E no meio dessa guerra, quando todos estavam caindo, Arthur ainda tentava apresentar seu *Dom Quixote*, mas não mais nas ruas ou praças, pois não queria continuar a ver os amigos nas ruas, definhando, andando como zumbis e cheios de feridas. Na época era impossível viver com a aids, o jogo era simples: definhar e morrer. E também queria fugir de Molina.

A decisão de abandonar as ruas veio ao ver no final de uma apresentação os lindos olhos azuis de Gregório. Aquele corpo, que outrora fora rígido e torneado, agora era apenas um fiapo de gente, um cabide segurando roupas folgadas. Quase sem cabelos, com o rosto cheio de feridas, ele chegou perto de Arthur e sussurrou:

— Tchau, vim me despedir.

— Gregório...

Ele levantou a mão e, com a voz entrecortada por um choro contido, sentenciou:

— A vida é uma merda.

E saiu. Arthur ficou ali, parado, por um bom tempo, com um boneco nas mãos. Era quase impossível sair às ruas e não encontrar um amigo em ruínas.

Sua mãe também adoecera, e não demorou para ela dia a dia perder a batalha contra o câncer. E Arthur sentira a punhalada que a morte pregara em sua mãe. Ficou quase um ano de luto, sem beber, sem sair com outros homens, foi um período de aceitação da perda, de embate com a vida. A morte estava em todo lugar, sentia o cheiro dela. A decisão de se afastar das ruas lhe pareceu uma alternativa temporária interessante, e passou a visitar escolas, associações de moradores e sindicatos, vendendo o espetáculo e se sentindo cada vez mais miserável. Pois largara a liberdade das ruas, e pensara estar se tornando um mercenário, alguém que precisava convencer pessoas a comprar um espetáculo.

Os chineses estavam chegando em Belo Horizonte, sabe-se lá como ou por que raios, e já dominavam os teatros de rua. Em todos os cantos da cidade havia espetáculos de bonecos com chineses, e certo dia Arthur viu uma cena que depois contava sempre que podia, uma cena que passou a assombrá-lo, a ser aquilo que ele mais temia.

Um chinês, após deixar escapar um boneco de uma de suas mãos, na frente de vinte pessoas, começou a gritar palavras incompreensíveis e a chutar tudo em sua volta. Mas a gritaria chamava mais e mais gente, e, quando ele percebeu, estava cercado. Gritava e gritava, se ajoelhava com as mãos na cabeça, puxando seus cabelos. E começou a gemer e a chorar, e ninguém arredava pé, cada vez juntava mais gente.

Quando a polícia chegou e levou o coitado, teve muita dificuldade para passar entre a multidão. Arthur e o chinês trocaram dois ou três olhares, quando nos braços dos policiais, ele passou quase ao seu lado. O olhar continha um desespero que Arthur nunca vira.

Arthur ficou uma semana sem sair de seu pequeno apartamento de quarto e sala. Os chineses faziam teatro com bonecos, máscara e sombras muito antes do nascimento de Cristo, e reza a lenda que o imperador Wu, dois séculos antes de Cristo, aos prantos e desesperado com a morte da imperatriz, ofereceu fortunas para quem tivesse o poder de ressuscitar sua amada.

Eis que um corajoso bonequeiro apareceu com uma réplica da imperatriz, apresentou-a ao imperador por sombras, e conseguiu assim fazer com que o imperador assistisse todas as noites a seus espetáculos.

Arthur imaginou que chineses não sabiam lidar com nenhum tipo de fracasso no teatro de formas animadas, e tentou pesquisar, sem sucesso, se aquilo era possível, se essa ideia tinha sentido. Não queria mais andar nas ruas de Belo Horizonte, com medo de ver mais cenas como aquela, alguém surtar no meio de um espetáculo.

Nessa época Arthur começa a sonhar com chineses, e especificamente um tipo de sonho: que ele está numa praça na China, chorando, e uma multidão o olha. Uma multidão que fazia filas para vê-lo chorar. E começou a temer que fosse alguém que passaria a vida perambulando, não com a graça de um Javier Villafañe, mas com a amargura e o desespero de um Molina.

Sairia de Belo Horizonte, e de preferência de Minas Gerais, pois precisava de novos ares, de qualquer jeito. Seu único vínculo afetivo com o estado, sua mãe, se fora. Depois de uma temporada no Colégio Estadual Central, a diretora indicou o espetáculo *Dom Quixote* para seu irmão, que era docente na então Fundação Universidade Regional de Blumenau (Furb), que realizava o Festival Internacional de Teatro Universitário de Blumenau (Fitub).

Arthur se apresentou discretamente no festival. Cheguei a procurar nos arquivos da universidade alguma menção da passagem dele pelo Fitub, mas nada. Achou a cidade simpática e resolveu passar uma temporada na região, então ele e sua Brasília levaram *Dom Quixote* para todos os cantos de Santa Catarina, para lá e para cá e se apresentava em todo tipo de lugar: postos de combustíveis abarrotados de caminhoneiros, igrejas, clubes, associações, em encontros promovidos por professores, escolas e festas de escola. Uma vez até num prostíbulo, quando um industrial chapecoense que vira o espetáculo resolveu levar um pouco de diversão para as amigas que aplacavam seu desejo. Dormia em pensões furrecas, hotéis decadentes e na casa de um ou outro amante que encontrava pelo caminho.

Um nômade, solitário, fugindo de pesadelos com chineses.

13.

"EU TE AMO", tilintou no visor do meu celular LG, assim mesmo, em caixa-alta. Era sexta-feira, oito horas e dois minutos da manhã, e fui acordado pela mensagem. Fiquei chocado. Como assim, me ama?

Nos vimos uma vez apenas, na padaria, e, embora tenhamos conversado todos os dias por telefone nos últimos dias e uma centena de vezes por mensagens, em nenhum momento chegamos perto disso, de uma conversa que descambasse para uma confissão ou para uma declaração de amor.

Então aquele eu te amo em caixa-alta deveria soar como um alarme, se eu fosse coerente, algo como "Schroeder, você se meterá com uma maluca", mas a paixão e o tesão são duas drogas poderosas, que enchem seu corpo de substâncias maravilhosas e colocam uma venda em seus olhos.

Naquele dia fiquei sem ação, não sabia como proceder. Não poderia simplesmente repetir "EU TAMBÉM", não era verdade, não era justo. Mas não responder poderia soar como uma declaração de guerra. Eu precisava ser rápido. Liguei para ela, que, se não estivesse com um cliente na loja, atenderia.

— Oi, amor — disse eu, com a boca cheia.

— Oi, meu amor — disse ela, com a boca mais cheia ainda.

— Estou ligando para te desejar um dia maravilhoso, que amanhã estou chegando e quero você só para mim.

E conversamos por alguns minutos, e foi assim que não respondi à sua mensagem: me senti honesto e justo. Peguei o tocador de MP3, escolhi um álbum do Kings of Convenience, e fiquei ali, achando que afinal a vida era boa.

Até que outra mensagem, ainda mais estranha, chegou: "QUERO TER UM FILHO COM VOCÊ."

O susto foi grande. Precisei de alguns minutos para me recompor. Amor ou loucura?

Para a minha sorte, o nosso curto relacionamento não culminou num barrigão e choros estridentes à noite, pois minha vida teria sido um inferno ainda maior do que virou.

Eu queria ter filhos em algum momento da minha vida, mas que isso não fosse a primeira coisa de um relacionamento, que fosse a consequência, e não a causa de um casamento.

Encontrei algumas vezes Lauro com o filho, ou voltando da creche, ou quando passava pela Praça Ângelo Piazera, onde costumava brincar com o pequeno, no parquinho ao lado do palco de concreto. Era atento a ele, e sempre parecia feliz, era perceptível a sua felicidade em ter aquela criaturinha ali, com sua genética, sob sua responsabilidade.

Eu gostava disso, de ver artistas com seus filhos, ver o quanto eles eram humanos, o quanto pareciam frágeis, ali, no palco do mundo.

14.

— Eu acabo de ser contratado por Tim Burton para fazermos um filme só de marionetes, e estou em Los Angeles, selecionando atores e atrizes animadores para o longa-metragem. E minha assistente anuncia: "A atriz Victoria Reynolds está aqui e deseja vê-lo."
— Eu serei Victoria Reynolds?
— Claro!
— E quem é Victoria Reynolds?
— Sei lá! É uma atriz famosa! Fictícia! Satisfeita agora?
— Sim, continua!
— Você entra na sala, com ares de celebridade...
— Eu sou muito famosa... uma estrela?
— Uma atriz bonita e famosa, como Nicole Kidman.
— Ótimo! E sei manejar marionetes?
— Você dirá que admira meu trabalho, que está um pouco cansada da lenga-lenga de Hollywood e quer fazer este filme porque dá mais moral, quer fazer a menina do filme, e, se possível, aprender a manejar as marionetes.
— Continua!
— O resto vai evoluir sozinho, eu vou conduzindo.
— Legal!

— Mas preste atenção! Nada de risinhos tolos, você tem que incorporar a personagem; quando começar, você será Victoria Reynolds, a única.

— Xá comigo!

— Então vamos começar, você finge entrar na sala. A partir de agora, somos duas estrelas! Você vem dali!

Ele aponta para um canto escuro, ela segue para lá.

— Ótimo!

Ele levanta sorridente e dá a mão para ela.

— Boa tarde! Que grata surpresa! Não é todo dia que eu recebo uma das mulheres mais belas do mundo. Sente-se, por favor!

Ele puxa a cadeira para que ela sente.

— Obrigada. A honra é minha, não é todo dia que sentamos frente a frente com um mestre do teatro.

— Ora essa, quanta honra! Vindo de você soa como um presente dos céus. E como andam as gravações?

— Uma porcaria. Doze horas por dia, não tenho mais pique para filmes sempre iguais, quero algo novo.

— Esse é o problema do cinema: muito dinheiro, pouca arte.

— É por esse motivo que venho aqui. Quero voltar a fazer teatro, mas no cinema.

— Certo, e o que eu posso fazer por você?

— Tudo.

— Como, tudo?

— Você não acha que eu, Victoria Reynolds, poderia ser a voz de Antônia, a esposa de Rex? O Burton me falou do filme, fiquei encantada. Estou disposta a largar tudo por um tempo para aprender a manipular também, quero controlar totalmente a personagem.

— Então...

— Eu quero o Oscar que aqueles velhotes nunca me deram, mas ganharei da maneira mais difícil, manipulando.

— Receio que não seja tão fácil, a animação é algo muito sério, só estamos contratando titereiros muito experientes.

— Olha, não se faça de ingênuo. Você sabe o que um nome como o meu faria com o filme? Sabe o quanto de bilheteria poderíamos ter?

— Então é isso? E o que o Burton disse a respeito?

— Para falar com você!

— Impossível!

— Impossível? Por quê? Nada é impossível!

— Olha, sinceramente, isto pode estragar a credibilidade do projeto, e sei que o Burton sabe disso, mas me legou o papel de tira mau, obviamente. Eu estou contratando os melhores marionetistas do mundo, isso vai estragar a simpatia deles com o projeto.

— Que papo mais furado, deixa disso, eu farei esse filme acontecer, será sua consagração.

— Consagração? Assim você me ofende!

— Desculpe, me expressei mal, quis dizer que será o grande momento da sua carreira.

— Não, Victoria, infelizmente não há jeito, e para mim não restará consagração alguma, os louros são sempre do diretor.

— Mas eu preciso! Eu quero!

— Infelizmente, com todo o respeito que tenho por sua carreira, não.

— Dinheiro não é problema, eu banco essa merda inteira, você sabe como tenho dinheiro.

— Dinheiro? Não! Já conseguimos o que precisamos.

— Além do dinheiro, eu posso pagar de outras maneiras também, mais quentes.

A atriz tira a blusa, fica só de sutiã.

— Está vendo esses peitinhos gostosos?

Se aproxima, quase tocando com seus seios o rosto dele.

— Sim, são muito bonitos.

— Duzentos e cinquenta miligramas de silicone, segurados em um milhão de reais, verdadeiras montanhas de luxúria... Toque, por favor, sinta a maciez... Durinhos, não? Consegue ver os biquinhos apontando para o céu? Imagine sua boca neles, sua língua fazendo círculos, e eles durinhos, brilhando.

Ele fica estático, mas é possível ver sua língua se mexendo, a plateia ri.

Chacoalha a cabeça e levanta a mão, como se acordasse de um sonho.

— Chega! Não, não, não...

— Seu pau é feliz?

A plateia se esbalda de rir.

Ela tira a roupa, vagarosamente.

— Está vendo essas coxas? My dear, elas escondem muitos segredos... Quinhentos mil reais por coxa, avaliaram mal, não acha? Uma lambidinha nelas já vale uns cinco mil, concorda? Olha só esses pés!? Delicados, não? Parecem esculturas, perfeitos, olhe bem.

Ela coloca um dos pés sobre a mesa, exibindo-os um de cada vez.

— Olhe bem, my dear, vê os dedinhos? Poderia chupá-los, um a um, e subiria, mergulhando nas minhas coxas...

depois, abriria meu monte secreto e veria o clitóris mais perfeito que já viu, do tamanho de uma pérola. Quer um suquinho?

— Espere aí, você não está achando que...

— Xiii! Quietinho. Agora o gran finale, levante-se, vá para ali.

15.

Foi numa série de apresentações de *Dom Quixote* em Pomerode, num sábado ensolarado, durante as comemorações de aniversário da cidade, que Lauro viu pela primeira vez o trabalho de Arthur. Pelo menos duzentas pessoas se acotovelavam na Praça Jorge Lacerda para assistir a uma das atrações das festividades do município, em cima de um coreto improvisado.

Uma faixa pendurada entre duas árvores anunciava: *Dom Quixote* em bonecos, com Arthur Sobrossa.

Uivos, gritos, palmas. E o cavaleiro errante digladiava-se com moinhos ou com portas fechadas na cara.

Alguns, mais eufóricos e embalados pelos chopes artesanais vendidos em barraquinhas próximas, suspiravam e gritavam, como se aquele fosse o maior espetáculo da Terra.

Lauro esperou todos os curiosos conversarem e baterem fotos com Arthur. Então, timidamente se apresentou como um estudante de Artes Cênicas que estava pesquisando as formas animadas. Seu trabalho de conclusão do curso era um olhar sobre o mamulengo (tipo de fantoche típico do Nordeste brasileiro, especialmente no estado de Pernambuco) partindo de poemas de João Cabral de Melo

Neto. Até ali Arthur não se mostrara nada receptivo, e sim um tanto ressabiado, mas quando Lauro disse que fazia bonecos também, de madeira, todas as convenções caíram, e a conversa evoluiu rapidamente. Lauro ajudou Arthur a desmontar a estrutura do espetáculo e, quando guardaram a última parte na Brasília, já estavam em plena sintonia, contando piadas sobre bêbados e os possíveis estragos que porções generosas de chope, chucrute e joelho de porco podem causar nos desavisados. Pomerode era um símbolo da tradição germânica e soube capitalizar essa imagem a ponto de se autointitular "a cidade mais alemã do Brasil". Com diversos restaurantes típicos, dezenas de casas estilo enxaimel e jardins deslumbrantes, o município parece ter saído da maquete de um sonho pomerano. Foram tomar cervejas artesanais nas barracas da festa e sentaram nos longos bancos e comeram batatas recheadas misturando cervejas pilsen e de trigo. Era impossível perceber quem estava mais empolgado, pois nenhum deles tinha qualquer expectativa para aquele sábado: Arthur voltaria para a Pousada do Max, onde se alternaria entre ler e se masturbar, e Lauro tentaria fazer companhia à mãe e fugir das indiretas e provocações do pai, rezando para domingo chegar e ele voltar a Florianópolis.

Foi assistir reticente ao espetáculo de Arthur, mais para satisfazer a mãe, que gostaria que o filho se divertisse e achasse menos entediante a pequena cidade. Reticente mesmo, pois estava cansado dos espetáculos amadores que sempre aparecem nas cidades pequenas, com bonecos malfeitos e sem nenhuma técnica.

Mas no *Dom Quixote* de Arthur havia algo diferente, a começar pela hibridez de técnicas, pois Arthur conseguia com uma das mãos manipular diretamente um boneco e com a outra uma marionete, e de repente surgiam fantoches. Ele tinha técnica, o texto era fluido, o espetáculo era bom. Mas faltava alguma coisa, e Lauro não sabia o que era. Talvez se soubesse teria ido embora logo após as primeiras palmas, mas quis saber mais desse forasteiro que trazia consigo um sopro vindo diretamente dos pulmões de Miguel de Cervantes. Depois de duas horas de cervejas, terminaram bêbados, aos risos, na ponte que liga a Rua Paulo Zimmermann à Rua Hermann Weege, no Centro.

Percorreram inúmeras vezes os setenta e dois metros que separam uma rua da outra, namorando o rio, lá embaixo. E, olhando para ele, em dado momento foram atravessados por uma ponta de tristeza, aquela que geralmente crispa quem tivera momentos imensamente felizes havia alguns minutos. E essa ponta sempre vem com uma constatação, e eles sabiam qual era. Eram solitários, lobos sem presas, que, por mais que tivessem com quem conversar de vez em quando, nunca tinham uma conversa de verdade.

Foram assaltados pelo medo de nunca mais se verem, então combinaram que deveriam se encontrar novamente, o quanto antes, já no outro sábado, na casa do Opa e da Oma de Lauro. Se despediram com um forte abraço e Arthur ficou um tempo ainda na ponte, olhando o mapa que Lauro fizera, com o endereço de seus avós. Lauro voltou para Florianópolis e Arthur ficou na região, vendendo seu espetáculo nas cidades próximas, como Timbó e Rio dos Cedros. O tão aguardado encontro aconteceu, neste idílico sítio dos ascendentes de Lauro, no interior de Pomerode.

Primeiro Lauro mostrou toda a propriedade, as quatro lagoas que tinham carpas, traíras e tilápias, poucas vacas e ovelhas e porcos, e um exército de patos, marrecos e galinhas.

A casa, de tijolos maciços, com seis quartos e uma sala, cozinha e varanda enormes, era bem-cuidada e aconchegante.

Tomaram um café especialmente preparado pela Oma, com cucas de farofa e de queijo, pão caseiro quentinho, creme de queijo e geleia de amora.

Depois escutaram algumas histórias do Opa, enquanto ele enrolava seu palheiro, na varanda: principalmente sobre brigas e confusões na serraria que dirigira por décadas. Quando conseguiram falar do que realmente lhes interessava, já era quase noite. Foram até o maior rancho da propriedade, pegaram gravetos e tocos de lenha e fizeram uma fogueira. Sentaram em bancos feitos de troncos de árvores, e começaram a falar, sem parar, cada um dos seus sonhos: os seus ideais estéticos, éticos e técnicos.

Tinham ideias, elas não caberiam em projetos individuais, isso ficou claro já nos primeiros minutos de conversa. Lauro tinha mais experiência no estudo das formas animadas, e também na construção dos bonecos. Arthur era um ator-manipulador experiente e sabia desenhar, entendia a importância dos projetos técnicos dos bonecos.

Arthur queria fazer algo relevante, queria parar de se apresentar para viver e poder criar espetáculos que realmente testassem seus limites como ator-manipulador e diretor, enquanto Lauro queria se testar como dramaturgo e como bonequeiro, como construtor de estruturas mais complexas de bonecos.

Arthur nessa época ainda sentia o cheiro da morte e tinha pesadelos constantes com chineses, mas pensava sobretudo em Molina. Não queria terminar como ele. Lauro lhe pareceu um presente, uma esperança, alguém com quem dividir responsabilidades. Ambos queriam uma dramaturgia que fosse dos bonecos, de verdade, que não parecesse criada por homens e soprada simplesmente por uma boca.

E o principal: Lauro parecia ter dinheiro, algo que estava muito longe das mãos de Arthur, que mandara seu pai e seu irmão às favas (não, mandou à merda mesmo) tão logo sua mãe fechara os olhos. Queria poder fazer sua arte, mas poder sobreviver com dignidade.

Em dado momento da conversa, Arthur pegou alguns gravetos, um pano velho e uma velha cuia de chimarrão do rancho, e, aproveitando a luz da fogueira, conseguiu projetar uma sombra na parede do rancho. Brincou por alguns minutos, em silêncio, ficou naquele ato de transformação: quando o ator-manipulador some, fica sem expressões, sem vida, para passar sua vida ao boneco. E Lauro não se conteve, mudou o tom de sua voz, fez um timbre mais alto e passou a dublar alguns movimentos do boneco.

— Boa noite, dona noite, você veio nos engolir? Não? Você diz que não mas eu sei que sim, e por isso eu tenho essa fogueira, ficarei com ela até você sumir, até seu tempo ruir.

Esse esquete foi o primeiro espetáculo do Grupo Extemporâneo de Formas Animadas. Para um espectador chamado noite.

16.

Na sexta-feira embarquei num ônibus-leito em São Miguel do Oeste que me deixou no meio da madrugada em Blumenau. Às cinco da manhã peguei outro para Jaraguá do Sul e pouco depois das seis da manhã já estava em meu apartamento. Cansado, com o corpo todo dolorido, precisava me recompor, pois, tão logo saísse da loja, lá pela uma da tarde, Melissa viria ao meu encontro.

Tomei uma ducha, fiz uma pequena lista de compras e fui ao Hipermercado Breithaupt, a menos de duzentos metros. Comprei cervejas, algumas garrafas de vinho, comidas congeladas, camisinhas e matéria-prima para meus sanduíches: estava preparado para me internar até segunda com Melissa. Fiz uma seleção de CDs, para termos uma trilha sonora decente à mão. Lembro quando pegava minhas caixas de fitas e me trancava no quarto. Foi assim que passei minha adolescência, escutando músicas, lendo e tentando escrever, desenhar, fazer qualquer coisa que matasse a vontade de me expressar. Tentei fazer gibis; mas meus desenhos eram tão ruins que tinha vergonha de mostrar para alguém. Mas pegava uma régua, uns lápis e umas folhas A4, que eu dobrava ao meio e grampeava, e fazia minhas próprias histórias em quadrinhos. Lembro do imenso prazer que eu tinha em preencher os balões das histórias, e como aquilo era maravilhoso. Na adolescência, essa arte sequencial era muito próxima de uma representação da vida, dos seus enquadramentos. E, naquele período regido por hormônios e dúvidas, a solidão era uma válvula para minha vazão criativa e também uma grande conselheira. Eu queria Melissa para mim, talvez porque sabia que a solidão deixara de ser um propulsor criativo para se tornar um chicote em minha vida.

Às 13h05 recebi uma mensagem dela: "ESTOU A CAMINHO".

E às 13h06, outra: "ESTOU SEM CALCINHA."

17.

Ela, de lado, por trás da mesa, empina a bunda; ele, atrás dela, olha e fica gesticulando, como se modelasse aquele corpo.

— Bundinha gostosa, hein? Um milhão de reais, também mal-avaliada, não?

Ele chacoalha a cabeça, em sinal afirmativo.

— No meio dessas dunas corre um pequeno rio de prazer que escoa num precipício apertadinho. Mais abaixo, o caminho da iluminação, a vagina sagrada e o jardim dos prazeres... Essa pequena floresta voluptuosa onde anjos e demônios comungam. O que acha disso? Meu corpo por si só já não é uma fonte de inspiração? Sou capaz de manipular títeres com minha boceta, meu amor, e fazer teatrinho de sombras só com os bicos dos seios.

— Meu Deus...

— Chegue mais perto.

Ele vem, a passos lentos.

— Vou te dar um bônus. Uma pequena amostra do que você está perdendo, dê um tapa em minha bunda.

Ele bate bem fraquinho.

— Mais forte, assim só sinto cócegas.

Ele bate um pouco mais forte.

— O que é isso, homem? Força!

Mais um tapa, mais forte.

— Ah, agora, sim, estou toda molhadinha... Mostre seu talento, manipule minha bunda, não é uma forma animada?

— Agora?

— Claro! Vou lhe provar como sou uma fonte inesgotável de inspiração.

— Mas eu preciso pensar com calma... É preciso estudar...

— Já! — grita Victoria.

Ele fica como uma estátua.

— Vamos, porra, mete a mão aí! — torna a gritar Victoria.

Ele gesticula nervoso, passa as mãos no cabelo.

— Não, não posso pagar esse preço.

— Então faz assim...

Ela fica bem próxima ao pano, finge se apoiar nele e, em pé, abre as pernas.

— Veja que suquinho gostoso.

Ele a masturba, ela faz uma dança enquanto a mão dele percorre o meio das pernas dela.

Ele tira a camisa rapidamente e, enquanto abre o cinto da calça, Victoria continua:

— Mete na minha bocetinha, mete?!

Ele tira a roupa, chuta uma das cadeiras, passa a mão na cabeça e começam uma dança, que simula uma penetração, com ambos de lado, e gemendo muito. É possível ver a ereção dele.

Muitas pessoas da plateia começam a sair. A xingar Arthur e Lauro continuam, quietos, olhando aquele circo de horrores, aquele texto medíocre num espetáculo sem sentido.

A dança dura uns cinco minutos, e, com os movimentos precisos dos corpos que projetam na tela muitas figuras, surgem um casulo, uma lagarta e por fim uma borboleta, até um pingo. E por fim os atores desabam no chão.

Eles se vestem e sentam-se.

— Eu estava bem, o que achou? Até que dou para ser uma atriz.

— Você estava ótima, fiquei surpreso com suas descrições, e aquela sacada do corpo no seguro foi muito boa.

— Não esqueça que eu leio a revista *Caras*.

Riem novamente.

— Eu estava uma toupeira, tudo muito clichê, nossos diálogos estavam terríveis! Tudo muito rápido! Parecia um filme B, tipo detetive e mulher gostosa que procura o marido. Você colocou todas as cartas na mesa e eu fiz papel de tonto.

Arthur chacoalha a cabeça, não acredita no que vê, um dos piores espetáculos a que já assistira. Poderia estar em casa, lendo. Mas está ali, e a raiva começa a aumentar.

18.

No domingo, antes do tradicional almoço alemão, Arthur apresentou seu *Dom Quixote* para o Opa e a Oma de Lauro, no primeiro rancho, o grande, que outrora chegara a abrigar três tratores, um caminhão e ferramentas do campo. Esse rancho era um legado de Marcos, tio de Lauro, que conseguira durante duas décadas tornar o sítio muito rentável, através da agricultura. Mas quando enfiou a cara num poste, bêbado, o solteirão convicto e fanfarrão, que sempre quis distância da serraria do pai, acabou enterrando um pouco também a felicidade dos pais.

Ainda era um lugar bonito, devia ter pelo menos uns quarenta anos, e suas tábuas tinham aquela cor de madeira ao tempo, entre o chumbo e preto. Estavam lá: Lauro um pouco inquieto, observando os pais de sua mãe, e todos sentados nos bancos feitos de troncos de árvore. Ficaram quietos, imóveis, durante os quase trinta minutos, e era possível saber que estavam vivos porque no abdômen de ambos havia um pequeno movimento sob as camisetas.

Quando a apresentação terminou, levantaram-se e abraçaram Arthur. Estavam chorando, era possível ver as lágrimas despencando. Não disseram nada, não eram bons nisso, em expressar sentimentos. Eram gente do campo, acostumados com a natureza, que tem suas regras próprias, não humanas. Acostumados a não ter com quem dividir suas angústias, pois para eles a "vida era assim, e pronto", não adiantava externar. O psicanalista do campo é a enxada, o arado.

— É isso que eu estudo, que eu faço, que eu quero fazer até morrer — disse Lauro.

E os dois esqueceram Arthur por algum tempo e foram abraçar Lauro. Passaram um longo tempo ainda no rancho, Arthur mostrou os movimentos das marionetes, do boneco, e deixou os dois testarem. Riram como crianças, os quatro.

Depois do almoço, os dois se reuniram novamente no rancho e começaram a rascunhar um misto de contrato e estatuto do grupo que queriam montar.

Depois de inúmeros rascunhos, feitos com um lápis Labra e numa antiga caderneta de compras, chegaram numa versão final, que foi passada para um papel A4 e, algum tempo depois, emoldurada e pendurada no rancho.

Ali estavam suas propostas artísticas: queriam fugir de fórmulas estabelecidas e criar suas próprias regras na animação, sair de todas e quaisquer zonas de conforto. Para eles, teatro é sobretudo risco, a todo instante, na escolha dos bonecos, dos personagens, da abordagem, dos movimentos, das palavras. Enxergar os espetáculos como móbiles, e não como algo plano, algo que possa ser atravessado por todas as linguagens para criar e dar conta de um imaginário singular.

Que tudo fosse sobretudo dança, como o fogo dança até que se apague. E lembraram da noite anterior, quando pela primeira vez trabalharam juntos, e com o fogo. Pensaram no nome Companhia do Fogo, mas logo refutaram, pois o fogo tinha dois inimigos que de alguma forma também eram inimigos do teatro: a chuva e o tempo.

— E se houvesse um fogo sem tempo, que queimasse eternamente — disse Lauro —, num rompante poético, uma dança andaluza.

E Lauro declamou a primeira parte do famoso poema de João Cabral de Melo Neto "Estudos para uma bailarina andaluza", que estava usando em seu trabalho de conclusão de curso:

"Dir-se-ia, quando aparece
dançando por siguiriyas,
que com a imagem do fogo
inteira se identifica.
Todos os gestos do fogo
que então possui dir-se-ia:
gestos das folhas do fogo,
de seu cabelo, sua língua;
gestos do corpo do fogo,
de sua carne em agonia,
carne de fogo, só nervos,
carne toda em carne viva."

Queriam estar fora do tempo, ser fricção, e não adesão, estar na época errada. Então decidiram que a palavra Extemporâneo deveria encarnar o espírito dos trabalhos.

Naquela folha A4, num tom claramente apaixonado, escreveram que queriam fazer das dificuldades os seus combustíveis, explorando novos espaços, novos públicos, novas técnicas, temáticas e materiais, fazendo com que cada espetáculo fosse completamente diferente do anterior.

E que não precisassem de peças novas a cada ano, que os espetáculos se mantivessem vivos por um longo tempo, como um fogo eterno.

19.

A invasão foi silenciosa e planejada, todos os dias aparecia algo em meu apartamento: roupas, escova de dentes, perfumes. E, quando percebi, Melissa estava praticamente morando comigo. Como meu apartamento era próximo da loja de roupas em que ela trabalhava, eu aceitei passivamente, não havia nenhum argumento que pudesse frear aquela tomada de campo.

É claro que não era um "morar junto" oficial, pois sua mãe e sua irmã não permitiriam, não sem uma festa, uma aliança no dedo e algumas compensações, pois, afinal, Melissa era a garota de ouro, a esperança delas. Tinham o sonho de que ela se desse melhor do que elas, que não errasse tanto como elas. Sua irmã não lhe dirigia mais a palavra, pois enxergava aquilo como um abandono, bem agora, na reta final da gravidez.

Então ela dormia segundas e quartas na casa da mãe, e terças, quintas, sextas, sábados e domingos reinava absoluta num certo apartamento da Avenida Marechal Deodoro da Fonseca.

Passávamos nossas horas livres nus, e não tínhamos pudor algum em ser vistos na sacada ou no jardim de inverno, caminhando sem vestimenta alguma. E se havia algo estranho, era que nenhum vizinho, do prédio da frente ou mesmo de nosso prédio, reclamara ao condomínio, uma vez que fosse, por estarmos sempre nus.

E como sempre, no voo raso da paixão, as ruas pareciam ter sido feitas para nós desfilarmos, o mundo girava ao nosso redor.

Em 2007, no início do segundo mandato do presidente Lula, ainda era possível sentir uma espécie de euforia em todo o país, impulsionada pelo fortalecimento financeiro da classe média (a mesma que alguns anos mais tarde seria o pior inimigo do governo petista) e, consequentemente, do mercado imobiliário. O Brasil parecia que estava indo finalmente para algum caminho correto, e você poderia ouvir em qualquer esquina frases feitas sobre os EUA e a Europa estarem em crise e que "logo o Brasil teria que emprestar dinheiro para eles" ou "seremos uma potência em dez anos". Um período ingênuo e feliz (é possível separar essas duas palavras, em algum momento?).

Eu não conseguia parar de pensar nela, um minuto sequer, e não havia maneira de me concentrar em meu romance, que eu precisava entregar à editora com urgência, ou então devolver o dinheiro do adiantamento, pois já estava atrasado havia pelo menos cinco meses.

Mas quem consegue pensar num personagem quando está com o corpo impregnado de desejo?

Eu não levantava mais o muro que me separava de Jonas, o principal personagem do romance, que era alguém que controlava suas emoções como se opera um controle remoto de televisão.

Eu não conseguia mais encarnar a fleuma de Jonas, estava difícil dar um tom impessoal para ele narrar a vida de

Vicenzi Desde que Melissa entrara em minha vida, a obra estacionara de tal forma que eu levava uma semana para terminar uma página. Com essa lentidão, certamente teria que devolver o adiantamento, mas o problema é que eu não tinha o dinheiro do adiantamento. Mas eu tinha tesão, e Melissa também, então não havia cômodo que não fosse alvo de nossas estripulias sexuais, e quando ela estava no trabalho eu tateava cada cômodo em busca de seu espectro, era tudo ausência.

Já Jonas, meu personagem, era a ausência completa do tesão.

Um tipo raro de escritor, um escritor de orelhas.

Ficou quase famoso quando fez um livro composto só pela orelha, com o miolo em branco, mas o texto daquela orelha era tão brilhante que passou a ser objeto de culto. Tentou publicar outros livros com a mesma proposta, mas ninguém mais se sensibilizou, e por fim começaram os convites das grandes editoras, e ele se tornou o primeiro grande orelhista brasileiro, o único especializado em ficção. Mesmo jovem e brilhante, e com um futuro promissor no mercado editorial, Jonas ainda não tinha recebido a carga de desilusões que os anos se encarregam de apresentar, e acredita na amizade de Flávio, um resenhista fracassado de um pequeno jornal da cidade que resenhava livros que não lera (graças às ferramentas de pesquisa), para serem comprados e vendidos na livraria local, e acabarem no sebo da cidade, para que ele enfim pudesse comprar, a um preço bem menor, e enfim ler o livro que queria.

Flávio estava de olho na irmã de Jonas e também nos contatos editoriais, mas considerava Jonas um verdadeiro imbecil, e se não fosse um medroso enterraria uma faca afiada bem no meio do coração dele (no livro eu descrevo a ação com toda a pompa e a cerimônia).

Jonas não gostava da irmã mas pressentia que algo estranho rondava Flávio e ela. Ele, Jonas, não queria mais saber de mulheres, pois achava que era sempre a mesma coisa, que o amor seguia o mesmo princípio da vida: nasce, cresce, se reproduz e morre. Ele não era um cara competitivo, isto não estava nos genes dele, e casar é competir, pela atenção, pelo tempo, uma competição de você contra você, toda hora você precisa provar que é capaz de aprender, perdoar, de manter o casamento em pé. De alguma maneira ele desistira da vida, mas não da literatura. A ilusão da felicidade está na ilusão da possibilidade, sempre dizia.

As mulheres têm uma propensão natural a se casarem com os homens errados, talvez seja uma provação divina ou biológica, ou um masoquismo inconsciente, o fato é que o casamento de Flávio com Joana começou a virar uma realidade e Flávio começou a deixar de falar com Jonas e rapidamente ascendeu como um líder natural na família. Se era um fracassado na literatura, Flávio tornara-se um vencedor na vida, ao menos naquele nível de mediocridade.

Sempre houve uma divisão natural: vencidos e vencedores. Mas dentro dos vencidos há também vencidos e vencedores. E dentro desses vencidos mais vencidos e vencedores, e Jonas começara a achar que estava nesta última categoria: a de vencidos dos vencidos dos vencidos.

Então Jonas certa manhã surta e vai até a rodoviária e compra uma passagem de ônibus para Chapecó. Não conhece a cidade, não tem nenhum conhecido lá, apenas quer sumir por uns dias. Quando chega se sente incapaz de sair dali e procurar um hotel, e passa a noite na rodoviária.

Tenta fazer uma orelha de livro sobre sua própria vida, resumindo tudo, acertos e erros. Mas fracassa, não consegue extrair um parágrafo decente sequer, e quando percebe está chorando copiosamente às quatro da manhã no restaurante da rodoviária.

O funcionário do restaurante tenta consolá-lo, um jovem bêbado também o socorre, mas somente quando um senhor de roupas estranhas, um tanto formais, de costume e com um lenço no bolso da camisa, cita o pintor Pierre Bonnard, ele estanca o choro, engole seco. Conhece Bonnard, já escrevera uma orelha para um livro em que Bonnard era um dos personagens.

E ali, numa cadeira dura de uma sombria rodoviária do oeste de Santa Catarina, aquele senhor lhe conta uma história que é tão insólita e estranha quanto a sua.

Ele é um artista plástico com certo reconhecimento, que enriqueceu vendendo suas obras para grandes construtoras do litoral catarinense, que ornam seus halls e seus espaços de lazer com obras dele. Ele sabia que vendia a parte podre de seus trabalhos, pinturas com paisagens e retratos de épocas douradas, como os anos 1920 ou 1930. Mas ele tinha um trabalho autoral, premiado em alguns salões importantes do mundo: era bom em pintar nus, homens e mulheres nus, mas com a cabeça de sapos, ele era Victor Vicenzi, o pintor dos homens e mulheres com cabeças de sapo.

Após uma desilusão amorosa (ah, o amor, esse algoz que há milênios sepulta sonhos) o misterioso pintor pega uma tela em branco e sai de maneira errante, viajando de ônibus, indo de uma rodoviária a outra, pernoitando em muquifos ou mesmo nas rodoviárias, em busca de uma imagem que lhe devolva a vontade de pintar um último quadro.

O tom idílico dura pouco tempo, e se a conversa toma um rumo que parece que irá salvar a vida de ambos, de maneira epifânica, eles acabam discutindo violentamente por discordarem em alguns pontos dos caminhos das artes visuais contemporâneas, e chegam às vias de fato, com um saldo de um olho roxo para cada.

Nesse ponto a narrativa se bifurca, e Vicenzi passa a imaginar o futuro de Jonas e Jonas o futuro de Vicenzi, ambos narrando com muita jocosidade e crueldade a vida de cada um a partir daquele encontro, até a morte.

20.

— E você não tem nenhuma fantasia, me conte, vamos lá, abra o jogo, não precisamos encená-la, apenas conte.
— Não tenho, mas que saco, já disse mil vezes.
— Duvido.
— Porra, tu é insistente, hein, bicho?!
— É que todos fantasiam, faz parte da natureza humana. E seria uma inspiração. Sabe, estou com uma puta vontade de escrever, mas não tenho nenhuma ideia.
— Eu acho que você devia batalhar para manipular e encenar as duas que escreveu.
— Batalhar! Porra, eu dou minha vida pelo teatro, mas vivo ferrado, desanima, viu? Estou cansado de apresentar essas porras em escolas, na rua, em troca de uma mixaria.
— Eu sei, amor.
— Mas minha hora vai chegar!
— Posso te falar uma coisa, você não fica bravo?
— Não.
— Eu não entendo as tuas peças, digo que gosto, mas não entendo bosta nenhuma.
— Mas por que você nunca me disse?
— Tive medo de desapontá-lo!

— Não! A opinião das pessoas é muito importante! Ainda mais a sua.

— Desculpa.

— O que você não entendeu nelas?

— Quase tudo.

— Nossa! Meu Deus! Será que são assim tão incompreensíveis... Tão porra nenhuma?!

— Não, amor, eu as vi mal, por cima, talvez seja isso, lerei os textos, pode ser?

— Não, a dramaturgia não compreende apenas os textos, e na animação é outra coisa.

— É que falta algo que prenda a atenção.

Ela levanta e grita muito alto três vezes: Cu! Cu! Cu!

— Meu Deus! O que é isso?

— O que falta nas tuas peças, surpresa. Algo inesperado.

— Não, o que falta é talento, estou começando a achar.

— Não, amor, você tem talento, isso é fato consumado. Esses diretores de teatro idiotas, que só encenam comédias, são os culpados.

— Não, sou a porra de um fracasso, nem minha esposa me compreende.

— E *Bikaka* é terrível.

— Terrível?

— Desculpe. Incompreensível.

— *Bikaka* é uma peça de catarse; de aproximação com o espectador.

— Um boneco feito de batatas que parece ter sido feito por crianças?

— A ideia é essa, o elogio da feiura e da decomposição.

— Chata.

— Putz... Eu sei, eu sei, você não vai entender... eu me entrego, essa peça é realmente difícil de entender.

— Você devia escrever e encenar sobre coisas simples, da vida, e não se preocupar em desvendar o mundo.

— Mas aí eu serei...

— Não precisa ser simplista, ou canastrão, ponha suspense na trama, um pouco de humor, e com certeza terá uma peça de sucesso.

— Eu sei, todo mundo faz isso, mas as ideias simples me apavoram, tenho medo de cair no lugar-comum e ser apenas mais um. Qualquer um pode escrever uma peça, mas poucos são capazes de criar uma peça que emocione, ou então seja inesquecível. Eu estou em busca da peça perfeita, que trará a minha glória. Pelo que vejo estou muito longe disso, mas sou jovem, uma hora eu acerto, tenho muitos anos pela frente. Sou um bosta, né?

— Eu me orgulho de você.

— Obrigado, querida, você realmente me dá uma puta força. É, a verdade é que sou a porra de um dramaturgo de merda, que encena espetáculos de merda, não consigo achar um enredo decente, um tom para minhas manipulações.

— Olhe em sua volta. O que vê?

— Escuridão.

— Não, um casal numa mesa, à luz de velas, conversando.

— E daí?

— E daí? Está tudo aqui, a matéria-prima para sua grande obra.

— Não compreendo.

— Imagine uma peça meio experimental, meio comercial, num lugar inusitado, tipo um museu histórico, de

sombras, no máximo uns quarenta lugares, uma mesa, uma vela, dois atores, duas cadeiras. Um casal conversando, como nós.
— Uma bosta.
— É, uma bosta.
A plateia ri.

21.

Fundado o grupo, precisavam de um espaço físico, um lugar para fazer os bonecos e também servir de escritório e oficina, um espaço que fosse só deles.

A ideia surgiu do próprio Opa, num tom direto e com o cigarro de palha se equilibrando no canto direito da boca, naquele domingo mesmo, logo após o jantar:

— Usem o rancho, aquilo não serve mais para nada mesmo, precisamos de um pouco de vida por aqui!

Embora Lauro não tenha mencionado em nenhum momento, acredito que seus avós maternos tenham investido recursos financeiros no primeiro ano do grupo.

Arthur começou a centralizar suas operações na região de Pomerode, o dinheiro era escasso, pois não conseguia se apresentar com frequência, mas ao menos podia ir à noite à sede do grupo, onde começou a construir bancadas, instalou um torno, levou suas ferramentas.

Queria construir um lugar para pensar e construir os bonecos, e muitas vezes ficava até a madrugada em busca desse espaço ideal.

Novamente o casal simpático foi providencial: insistiram em que Arthur fosse viver na casa deles, para não ficar indo e vindo na madrugada, para que ficasse perto de tudo. Eles tinham cinco quartos vazios e queriam mudar a rotina, que já estava mordendo em seus calcanhares havia muito tempo. Aceitou na mesma hora, sem pensar.

Rapidamente assumiu alguns aspectos da rotina no campo e passou a ajudá-los. Levantava ao amanhecer, como o casal de avós, e ia alimentar os porcos e as galinhas no rancho menor, que ficava quinhentos metros após o rancho grande. Aprendeu a tirar leite das vacas, a limpar peixes.

Passou a fazer cada vez menos apresentações do seu *Dom Quixote*, apenas uma por semana, que acabava por custear suas despesas básicas. Agora tinha casa, comida, roupa lavada e tempo para investir no seu novo projeto. Quando as aulas de Lauro cessaram, este também se instalou na casa dos avós. Para alegria de sua mãe e desespero de seu pai (que já não falava mais com o pai de Sarah, que não concordava com os rumos que o genro dera à serraria que construíra).

O projeto do primeiro espetáculo estava claro. A dramaturgia e os bonecos foram surgindo de maneira orgânica, esta era a melhor maneira que encontraram de trabalhar nesse primeiro projeto. Não queriam adaptar um texto consagrado de algum autor para as formas animadas, isso Arthur já havia feito, e tampouco apenas criar um texto para que os bonecos dublassem depois. Não. Queriam que os textos nascessem com os bonecos, estivessem na alma dos bonecos. Arthur desenhou e projetou vinte e cinco bonecos (esses desenhos foram expostos no hall do Teatro Municipal de Pomerode, inaugurado em 13 de agosto de 2009, data em que Arthur foi homenageado postumamente), mas nem todos seriam executados, talvez metade.

E todos eram bonecos grandes, do tamanho de um adulto normal. Eram boitatás, lobisomens, fantasmas, feiticeiras e bruxas, inspirados no universo de Franklin Cascaes, que havia falecido em 1983. Cascaes foi um multiartista singular e coletou durante quarenta anos, junto à população ilhoa (Ilha de Santa Catarina, Florianópolis), depoimentos e histórias em torno de lendas, crendices e bruxas, uma das heranças culturais açorianas. Se o espetáculo realmente chegasse a ser executado, seria uma das grandes produções das formas animadas brasileiras, pois era pensado para praças públicas, para se apresentar à noite. Os detalhes dos bonecos eram impressionantes, mas precisariam de luzes especiais e de pequenos motores para movimentar parte do cenário e também dos bonecos.

Queriam ser ousados, mas não tinham noção alguma da produção de um grande espetáculo, e do quanto custaria fazer aqueles bonecos todos.

E Lauro não queria emular a voz de Cascaes, mas sim criar um universo próprio através de Cascaes. Os projetos técnicos dos bonecos eram magníficos, o texto estava fluindo, e Lauro cogitava vender um terreno que herdara do Opa para levantar esse projeto.

Arthur continuava tendo pesadelos com chineses e quase não dormia mais, pois, à medida que a obsessão pelos bonecos de Cascaes aumentava, também aumentava o desespero, pois onde arrumariam tanto dinheiro?

E certo dia, enquanto carregava dois baldes cheios de lavagem para levar aos porcos, cruzou com uma cobra. Ela passou a uns três metros de Arthur, sem se importar com a presença dele, que num primeiro momento estacou, ficou imóvel. Cobras sempre assustavam. Já tinha visto ali jararacas e corais, que eram realmente venenosas e podiam causar um estrago. Mas esta era uma cobra-d'água, que não oferecia risco real algum. Ele já vira inúmeras delas por ali, aquele era o hábitat dela, ele era o intruso. Seu dorso era escuro e com listras longitudinais, o ventre amarelo, também com listras, e media uns oitenta centímetros, era das grandes, e tinha destino certo: o córrego que atravessava o sítio. Largou os baldes, pegou um pequeno graveto do chão e jogou, sem força, na direção da cobra. Caiu muito próximo, e ela, que com o susto fez uma série de movimentos, primeiro para o lado esquerdo, depois para a frente e para trás, simulou um meio bote contra o graveto, e depois seguiu seu caminho.

Arthur ficou alguns instantes quieto, imóvel, respirando pausadamente. E imaginou ali um semicírculo. Foi isso que a cobra fez, foram tantos os movimentos que, se fossem repetidos em alta velocidade e ininterruptamente, seria possível ver um semicírculo sobre aquela grama campeira.

Cobras se movimentam de diversas maneiras, por operações de dobra em seus corpos, ou por contrações de seus ventres ou contorções helicoidais ou de deslizamento em forma de S. E podem ir para qualquer direção.

— Cascaes o caralho! — disse. Deixou os baldes ali mesmo e voltou para o rancho. Guardou os desenhos que fizera do projeto Cascaes numa maleta velha e nunca mais voltou a vê-los. Eram lindos; por si sós, obras de arte.

Mas qual seria o desafio ao manipulá-los? Tudo levava a crer que seria um espetáculo com bonecos e não de bonecos. Não queria isso, mas sim desenvolver uma técnica que fizesse parte de um processo contínuo. E a natureza tinha isso, ali, na sua frente. E olhou ao redor: patos, cachorros, vacas.

O grupo XPTO de São Paulo já havia usado na década de 1980, com grande destreza e sucesso, elementos da natureza. Em *A infecção sentimental contra-ataca* havia flores que engravidavam; em *Coquetel clown*, peixes que se apaixonavam.

Mas a questão não era o enredo, e sim os movimentos.

Um ano e sete meses depois dessa tarde epifânica, o Grupo Extemporâneo de Formas Animadas estreou seu primeiro espetáculo: *Kung fu*.

Na primeira edição de um festival que se tornaria um dos maiores do país: o Festival de Teatro de Curitiba. E *Kung fu* foi apresentada na programação paralela do evento, graças à amizade de Lauro com um dos produtores (que fora estudante na Udesc).

A dramaturgia de Lauro investigava a história de dois mestres poderosos do kung fu que foram condenados por insubordinação pelo imperador a trabalharem até a morte em reformas da Muralha da China. Conseguem fugir para a Alemanha, onde aderem à onda migratória e acabam no navio do Dr. Blumenau, que se dirige para o sul do Brasil. Aqui transformam-se em dois mercenários, contratados por companhias colonizadoras para expulsar das redondezas índios e animais perigosos, como cobras gigantes e onças.

Mas ambos acabam se apaixonando por belas índias e passam a defender o interesse dos índios. No meio das batalhas um deles é morto e se transforma num imenso dragão, que passa a proteger a comunidade indígena, agora liderada pelo mestre sobrevivente.

Todos os movimentos dos bonecos eram baseados em golpes de kung fu (que associava movimentos de dezoito dos principais animais encontrados na fauna e na mitologia indo-chinesa, como tigre, garça, leopardo, cobra et cetera) e os bonecos e os figurinos misturavam elementos indígenas locais com a cultura chinesa.

Arthur e Lauro usavam roupas pretas justas, com um capuz também justo, tinham o corpo todo coberto, e óculos escuros. O olhar deveria ser apenas o dos bonecos, deveria ser imperceptível neles (em breve seriam conhecidos no mundo como "os de óculos escuros no escuro"). Era também impossível saber quem era quem, pois a sintonia era tanta que pareciam a mesma pessoa, duplicada.

Eram rápidos, faziam movimentos corporais velozes, que eram refletidos levemente nos bonecos. Era a teoria do semicírculo: movimentos rápidos e articulados que poderiam causar uma impressão de permanência, de perenidade. Os bonecos moviam-se como se dançassem, como se lutassem kung fu.

A média de tamanho dos bonecos era de sessenta centímetros, postos numa bancada preta e em frente a um fundo preto. Depois da estreia, Arthur nunca mais sonhou com chineses.

Com este título popular, e misturando drama, comédia e fantasia, *Kung fu* foi um dos destaques do festival, e a plateia, composta basicamente de críticos, jornalistas, atores e diretores, rapidamente repercutiu a proposta do grupo catarinense.

Havia algo novo naquilo, eles sabiam.

O teatro de formas animadas sempre fora a arte da precisão, dos mínimos detalhes, em que a elaboração paciente e planejada de cada cena e todo o cuidado estavam ali, a poucos metros dos espectadores.

Era um cinema artesanal, uma fábrica de sonhos e pesadelos, sem espaço para o banal ou meramente ilustrativo.

E cada boneco tinha sua respiração, seus silêncios, era possível ver em cada movimento uma trajetória, um passado.

Então aqueles bonecos eram tão reais quanto uma tarde no interior, com sua luz bruxuleante, quanto um semicírculo composto por movimentos de uma cobra.

22.

Meu relacionamento com Melissa seguiu o roteiro-padrão: à medida que a voltagem sexual diminuía, aumentava o companheirismo, e agora passávamos mais tempo vendo filmes, indo ao cinema ou a barzinhos do que trancafiados no apartamento, trepando como coelhos insaciáveis.

Nessa mesma fase percebi o quanto o ciúme era algo quase incontrolável para ela. Se entre quatro paredes vivíamos um paraíso, era só sair de casa que tudo desmoronava. Se eu cumprimentasse uma amiga na rua, apenas um aceno de cabeça, ela já queria a ficha completa. Num bar eu mal podia olhar para os lados, pois ela sempre estava com um olhar fixo em mim, me vigiando, atenta a qualquer flerte, mínimo que fosse.

Em alguns acessos de fúria gritava, esperneava e tentava me agredir (eu era rápido, e usava meu famoso abraço de urso, quando prendia seus braços ao corpo com um abraço e só soltava quando ela se acalmava). Mas apesar de tudo eu me sentia feliz, levávamos uma vida pacata e típica de uma cidade do interior, e tínhamos um ao outro.

Fazíamos compras na feira livre do Mercado Municipal nas sextas, e aos sábados íamos no Hipermercado Breithaupt fazer as compras do final de semana e da semana seguinte. Em alguns finais de semana íamos para Balneário Camboriú, pra casa do meu pai ou da minha mãe, ou ficávamos no apartamento, vendo filmes ou recebendo amigos.

Algumas coisas me deram um pouco de alívio: um acordo com minha editora para mais seis meses de prazo para a entrega do romance, e também ajustar o tom do narrador Jonas, sobre a história de Vicenzi. E a principal: começara a temporada de editais no estado, e a editora deu um salto financeiro

Com a ajuda de um grande amigo, sócio de um escritório de advocacia, consegui um novo trabalho para Melissa, que abandonou a vida sofrida de comerciária, para trabalhar de segunda a sexta, em horários mais suaves e com um salário maior.

E também, graças à entrada providencial de recursos financeiros de um edital em que fui contemplado, pude ajudar a pagar parte das despesas do parto da irmã de Melissa, assim como preparar o apartamento para a chegada de Pedro, de quem eu era padrinho agora.

E todo o dinheiro que recebia das crônicas que escrevia aos sábados para dois jornais destinava à minha sogra. De alguma maneira eu tentava provar para mim mesmo que eu era uma boa pessoa, e não esse palhaço egoico que eu via no espelho todos os dias.

Mas nem tudo era perfeito.

O pai de Melissa, que até então não estava no tabuleiro, voltou para a cidade e quis retornar ao lar. Ele tinha abandonado a família fazia cinco anos para se juntar com uma manicure do bairro, e se mudaram para Criciúma, onde ele trabalhara na indústria de pisos e revestimentos e também como taxista, e tivera dois filhos com mulheres diferentes.

Estava arrependido, se convertera à Assembleia de Deus e, segundo ele, como já recebera o perdão de Deus, queria agora o perdão da família.

Deus não perdoa, meu chapa, eu diria a ele se tivesse paciência e mais vontade de me encrencar naquela fase, Deus é um gigolô e somos suas putas, e estou cansado de conhecer filhos da puta como vossa senhoria, que fez merda a torto e a direito e depois vem com a bandeira de alguma religião bancando o santo.

Tentei de todas as maneiras persuadir a mãe a não sucumbir, mas não teve jeito, e por fim ele se instalou no pequeno apartamento e viveram alguns meses de felicidade até que as ex-mulheres descobriram seu paradeiro e ele teve que fugir para não ser preso, porque, se ele achava que Deus perdoava, a pensão alimentícia não perdoa.

Começaram a surgir conversas sobre casamento e filhos com Melissa, mas eu não me achava preparado para esse passo, não me achava capaz de ser responsável por outrem, e se já era difícil ser filho, imagine pai. Mas não tinha coragem para dizer isso, obviamente.

E as crises de ciúme não cessaram. Todo apaixonado se ilude de que seu parceiro vai mudar, que é só uma fase, que você é capaz de mudá-lo. Mas não, o ciúme é um mal sorrateiro e destruidor.

23.

— Não iria dar certo, o público gosta de catarse, encantamento, não teria saco para escutar um casal falando por mais de uma hora.
— Mas aí é que entra o talento, faça de sombras... Esqueça as marionetes.
— Eu não manjo de sombras... A não ser que os títeres sejam sombreados!
— Peraí, muito chato!
— Mas que merda, deixa eu terminar, porra!
— Tá bom, continua.
— Pode ser um elogio aos títeres, mas por meio das sombras...
— Chato, chato, chato....
— Ah, não fode...
— A não ser que você use umas tiradas engraçadas, que aí vai rolar identificação com a plateia...
— Lixo!
— Não! Escreva, verá, será um sucesso.
— Não!
— Por quê?
— Já disse, eu gosto do inusitado.

— Então use seu talento, ponha filosofia na história.
— "Toda escuridão será castigada."
— Porra, vai tirar onda, é?
— Estou brincando.
— Debochando de mim, isso sim, sacanagem, eu só quis ajudar.
— Eu sei, amor, mas tô a fim de escrever algumas coisas mórbidas, talvez até masoquistas, tipo Mirbeau, ou até meio pornográficas.
— Mas aí só irão assistir os punheteiros de plantão!
— Talvez, eu gosto de experimentar. Escute só! — Empolgado. — Tenho uma ideia muito louca! Uma peça para dois espectadores!
— Uma peça para dois espectadores! Pirou?
— Não! Escuta essa! Somente dois espectadores! Eles entram e são encaminhados para o palco.
— Para o palco?
— Sim! As luzes estão acesas — acendem-se as luzes do teatro —, eles são encaminhados ao palco e sentam-se em cadeiras, como nós. E os atores estão na plateia, sentados!

Ele levanta-se, tira uma faca de algum lugar, rasga o pano com precisão. Enquanto recolhe os panos, em poucos segundos vemos os atores iluminados diretamente pela vela.

A plateia se surpreende. Pois o efeito da luz da vela sobre eles cria uma imagem difusa.

Ela chacoalha a cabeça, desaprovando a ideia.

— Preste atenção, use sua imaginação, imagine que há uma plateia aqui, se nós fôssemos espectadores e os atores fingissem ser a plateia, eles poderiam começar a discutir...

— Cala a boca! Isso é loucura!

Ele senta-se.

— Tem razão, querida, que viagem!

— Pense em algo mais...

— Olha, hoje você me surpreendeu, mostrou-se uma boa atriz...

— Deixa disso.

— Sério, estou muito feliz, quem sabe não...

— Fala sério! Eu não sirvo pra essas coisas de cultura.

— Não, você tem é complexo de inferioridade, isso sim!

— Você acha?

— Acho!

— Que droga! E como faço para me curar?

— Autoconfiança.

— Mas eu tenho, sou até vaidosa demais.

— Vaidade pode significar fragilidade, meu bem, uma máscara.

— Será?

— Claro!

— Aí meu Deus! Peraí!

Ela se levanta e sai, volta com um livro na mão e entrega para ele.

— Meu Deus, que lixo é esse?

— *Segredos da vida*. É de um parapsicólogo famoso, Renato Klustriu.

— Até o nome do cara é estúpido. O que você quer com isso?

— Ser hipnotizada.

— O quê?

— Hipnose. Estado semelhante ao sono, gerado por um processo de indução, no qual o indivíduo fica muito suscetível à sugestão do hipnotizador. Viu? Até decorei.
— Eu sei o que é hipnose, mas para quê?
— Para deixar o complexo de inferioridade.
— Ah, por que eu fui abrir minha boca...
— Sério. Vamos fazer.
— Não funciona. Não vai dar certo. Vá a um psicólogo, eu pago.
— Pra que gastar dinheiro? O livro explica passo a passo. Você mesmo pode fazer.
— Nada disso. Pode ser perigoso, sei lá, acordar algum trauma adormecido.
— Não fala merda! É só seguir as instruções. Eu já tentei sozinha, mas não funcionou, esqueço o que tenho de dizer.
— Mas olha a cara dessa figura na contracapa do livro. É um autêntico picareta.
— Que nada! Tem até doutorado. Por favor, eu imploro, nem dormirei, pensando no complexo de inferioridade.
— Sério. Você não tem complexo de inferioridade. Eu só disse por brincadeira.
— Nada disso. Vamos lá. Página cento e vinte. No livro diz que devemos achar um lugar bem confortável, eu adoro deitar no chão, então vamos fazer aqui mesmo, com essa luz de vela vai ficar ainda melhor. Vamos logo. Peraí, estou muito agitada agora, respirando, um, dois, três. Relaxe. Relaxe.
— Está bem, uma tentativa só e pronto. Se não der certo, paramos.
— Pode deixar, vou me concentrar ao máximo.

— Vou começar. Num ambiente tranquilo...
— Pula isso. É só baboseira. Vá direto para o terceiro parágrafo. E quando acabarem as indicações, já devo estar hipnotizada. Então estou em suas mãos.
— Vai dar merda.
Riem.

24.

Um dos primeiros grandes entusiastas de *Kung fu* na academia foi Valmor Níni Beltrame, professor da Udesc. Níni escreveu um longo ensaio exaltando as qualidades técnicas do espetáculo. Eis um trecho:

"A realização de uma cena, a comunicação de uma ideia ou sentimento no palco exigem que ela esteja muito clara para o ator. Quando este não tem clara a ideia que quer comunicar, tem dificuldade de expressar ou transformar isso em ação. Porém, ter clara a ideia não é suficiente para transformá-la em gestos e ações que expressem o sentimento e seu conteúdo.

Por isso, a criação de um subtexto, ou de uma partitura de gestos, ações e movimentos de cada boneco, definindo o sentimento e emoções de cada personagem e o que querem expressar, é atividade obrigatória para que suas intenções fiquem claras. A elaboração da partitura de gestos e ações pode garantir a comunicação ao público das ideias e sentimentos de cada personagem boneco. Quando não se faz isso, a resposta do público logo aparece: desinteresse e aborrecimento.

O boneco realiza sua expressão através de elementos claros e objetivos. E colaboram para isso, de início, os materiais com os quais ele é construído. O material já é uma importante fonte de dramaturgia, capaz de sugerir e determinar a dinâmica do movimento do boneco. Improvisar, ir lenta e gradativamente descobrindo os movimentos e possibilidades expressivas do boneco, é fundamental. Antes mesmo de estar pronto, ainda no seu esboço, o boneco pode apresentar sua autonomia. Ver um boneco no espaço de atuação é muito diferente de vê-lo sobre uma mesa da oficina de confecção. Improvisar, mesmo que ele não esteja de todo pronto, é importante, uma vez que colabora na descoberta do seu caráter, de uma gestualidade que vai se esboçando e se fingindo com a experimentação, nos ensaios. Isso pode enriquecer o vocabulário expressivo da personagem. A seleção de cada gesto, cada movimento, vai configurando a personagem que se constrói nos ensaios.

Em Kung fu todos os gestos são precisos, e é impossível piscar."

Níni foi grande defensor teórico do espetáculo e o principal propagandista: não havia universidade no Brasil ou no exterior que visitasse em que não falasse do espetáculo.

O estado voltara a ter um grande grupo de teatro de animação (nas décadas de 1970 e 1980 o grupo Gralha Azul, de Lages, fora uma referência), e os convites para festivais, mostras e apresentações nas universidades foram aumentando. Em 1994, o Grupo Extemporâneo de Teatro foi convidado para integrar o Basf Animation, um festival itinerante de formas animadas, patrocinado pela empresa alemã, que circulava por trinta países.

Com tamanha exposição, *Kung fu* foi eleito espetáculo revelação de 1994 pela revista inglesa *Animus Anima*, o que ainda lhes rendeu mais uma temporada no exterior, dessa vez na Inglaterra, onde ficaram quase um ano.

Na circulação conheceram Enrique Lanz, fundador da companhia Títeres Etcétera, da Espanha, e iniciaram uma intensa correspondência e também um intercâmbio de pesquisas.

Em 2000, com a criação do Festival de Formas Animadas de Jaraguá do Sul, foram convidados para abrir o festival com seu novo espetáculo, *Olhos de vidro*, e também para ministrar uma série de oficinas.

Abandonaram o rancho e a casa (sim, mesmo com o prestígio e o dinheiro conquistados, continuaram lá por algum tempo) e mudaram-se para Jaraguá do Sul, onde alugaram um pequeno galpão na Barra do Rio Cerro e uma casa nas proximidades. Com a criação de um festival para as formas animadas, toda a região estava em polvorosa, e não havia melhor lugar para se estar.

Pensaram em criar um centro de pesquisas nesse galpão, mas também formar novos bonequeiros, não queriam mais ser uma companhia de dois homens, queriam preparar sucessores.

Agora tinham uma produtora, uma secretária e dois auxiliares, que cuidavam das finanças, da comercialização dos espetáculos, da logística e dos contratos, e assim eles podiam se dedicar exclusivamente à criação e ao aperfeiçoamento.

Se *Kung fu* foi o cartão de visitas correto, a medida perfeita entre experimentação e técnica, *Olhos de vidro* era pura tradição, uma aula de formas animadas, com tudo no seu devido lugar. O espetáculo teve uma longa temporada em Londres e dessa vez circulou pela América Latina, principalmente na Argentina e no México. Mas Arthur e Lauro também descobriram o Brasil, viajando com o Palco

Giratório Sesc por quinze estados e com o Sesc Bonecos do Brasil e do Mundo por nove estados.

Davam oficinas constantes no galpão, em busca de possíveis futuros talentos, e se integraram à rotina da cidade.

Iam todos os sábados que estavam na cidade para a Praça Ângelo Piazera, para assistir a rodas de capoeira ou grupos de dança de rua, mas também para sentar nos bancos e observar as pessoas. Em silêncio, anotando como se movimentavam, o que falavam. Era um exercício de humanidade, pois, se passavam os dias humanizando bonecos de madeira, precisavam sempre se reciclar, ver pessoas do dia a dia, perceber qual era o movimento das ruas.

Sempre que iam à Pizzaria Casarão, que na época era a mais tradicional da cidade, escolhiam uma mesa na varanda, com vista para o Rio Itapocu. E lá ficavam absolutamente fascinados pelo pilar da antiga Ponte Abdon Batista. Só conseguiam parar de namorá-lo quando chegava seu outro objeto de culto e devoção: o calzone de mignon com ricota que fazia a alegria de glutões como eles. Eram magros, mas comiam bem, os dois tinham aquele metabolismo acelerado, eram as clássicas pessoas que não engordavam, de jeito nenhum, comendo o que fosse.

O pilar está lá, solitário ainda nos dias de hoje, no meio do rio, e quem passa numa das pontes centrais da cidade também pode vê-lo: bastando desviar o olhar do trânsito para a lateral. Este pilar foi construído em pedra e sustentou a principal ponte da cidade de 1913 até 1965, quando inauguraram a nova Ponte Abdon Batista, quase ao lado. Com cobertura de zinco, estrutura metálica e tabuleiro de pranchas de madeira, a antiga ponte veio da Inglaterra (graças ao médico e político que lhe deu nome), e era a única travessia do Rio Itapocu. O fato é que só resta o pilar, o símbolo de uma outra Jaraguá do Sul, de um período pré-industrial, onde os comerciantes e colonos eram a referência.

Na década de 1990 o advogado Humberto Pradi começou um movimento para revitalizar o pilar, para transformá-lo num marco histórico-cultural e também para a construção de uma ponte pênsil que usasse o pilar. Tombado pelo Decreto nº 9.035/2012, de 17 de dezembro de 2012, como Patrimônio Histórico-Cultural do município, Arthur e Lauro tinham um sonho: algum dia apresentar um espetáculo naquele pilar, com bonecos gigantes, e que a plateia ficasse na outra ponte, a alguns metros.

Lauro chegou a ventilar essa ideia com seus alunos, nas oficinas, e uma aluna foi a mais entusiasmada: Sandra.

Ela sugeriu que os bonecos fossem de varas, e feitos com lanternas, bonecos de luz, para encher os olhos de quem estivesse na outra ponte, que teria que ser interditada para o espetáculo. Chegaram a esboçar um projeto, pois era irmã do presidente da Fundação Cultural do município, que poderia custear isso tudo. Mas o entusiasmo do irmão dela foi zero. No entanto, nessas inúmeras idas e vindas à fundação e com a proximidade das reuniões de projeto, Lauro certo dia tomou coragem e a convidou para sair, justamente para o Casarão, onde tomaram um vinho observando o pilar da ponte.

Namoraram uns seis meses e acabaram casando, por pressão dela e da família, quando descobriu que estava grávida, em 2003. Dieter Vogelmann nasceu em 2004, levando o nome do avô de Lauro. Se divorciaram em 2008, por alguma razão desconhecida, mas que tinha alguma ligação com aquela fatídica peça de teatro, a última a que Lauro e Arthur assistiram juntos.

25.

O romance progride: Victor Vicenzi e Jonas, o orelhista, se narram com muita mordacidade. Melissa se divertia com as passagens que eu lia para ela, principalmente sobre as últimas tentativas de Jonas, já corroído por um câncer no estômago, de abandonar as orelhas e voltar à poesia ou ao conto.

Ela achava tudo muito triste e cruel, e me perguntava: "A arte precisa ser tão dura sempre? É preciso sofrimento para se ter uma boa obra?" Ela não era culta, mas era esperta, sem dúvida.

Eu lia em voz alta, contendo o riso, e ela ia murchando na cadeira.

O fato é que os diálogos telefônicos entre Jonas e Tarso, o editor desencantado, eram realmente deprimentes, e até entediantes, e giravam em torno de como a história da literatura era também a história da colonização das ideias ou de como a arte era o campo em que as brigas não aconteciam pelo talento, mas por territórios, espaços e dinheiro. Ninguém invejava o talento, na verdade.

E Tarso disse, do outro lado da linha, num tom jocoso e monocórdio, quase um discurso, para Jonas: "Voltar à poesia e ao conto? Que porra de ideia é essa? O que você quer? Ascensão social? Sair na capa desses jornalecos que só copiam pauta dos jornais estrangeiros? Comer mulheres? Existe uma cena de tipos de picaretas literários, a questão é saber a que escola você quer se filiar. Você perdeu a memória? Lembra de quando era jovem e todos nós queríamos ser escritores, viver de nossos livros, ficar trancafiados na nossa torre de marfim? Mas o que nos restou? Subempregos. Resenhistas de segunda para cadernos culturais de terceira, editores de livros, ou melhor, de lixos, pois a boa literatura está em algum lugar, pois aqui nesta editora é que não está. Ser escritor é ser rancor. Na verdade você persegue uma imagem, uma imagem que alguém vendeu para você, eu sei que você se imagina escritor, mas em imagens, é apenas uma imagem. Eu vi gente vender o carro para publicar a porra do livro, entendeu, o cara perdeu o carro e, claro, a mulher, a sanidade, e ganhou o quê? A porcaria de umas caixas de livros. Esqueça a literatura, esqueça, você não sabe o quanto eu me arrependo, eu perdi meus melhores amigos, a mulher que eu amava e que me amava, o diálogo com a minha família, tudo, tudo porque assumi opções estéticas e de vida nada convencionais, mas pela literatura. Tudo pela literatura. Mas o que a literatura fez por mim, hein?! Você viu o que aconteceu com o Mauro, um puta escritor, um puta diretor de cinema. Quando vocês vão entender que os jornalistas e pseudointelectuais não perdoam a multiplicidade artística, ou você é escritor, ou é cineasta, ou é diretor de teatro. Será sempre execrado, sempre, por ser muitos. A polifonia que esperam de um romancista não é permitida na vida.

    Você pode escrever a maior obra-prima da poesia que vão dizer: Ah, prefiro o Jonas orelhista. Você é jornalista?

Não vão te perdoar. Você é professor universitário? Muito menos. Você tem que ser um pária para ganhar respeito.

O quê? Aquela bolsa nos EUA? Não, não, você está morrendo, cara, esqueça isso, morra em paz, poupe bílis. Os americanos têm um pendor ao ridículo, talvez seja o fato de acharem que tudo que lhes diz respeito é importante. Não entendo como eles não aprenderam nada com seus grandes escritores e cineastas judeus, ao menos a capacidade de rir de si próprios, ou algo parecido. Morra em paz, Jonas, morra em paz, não perca tempo com a literatura, eu sei que você é capaz de escrever bons contos, mas hoje todos são capazes de escrever grandes contos, poemas ou romances.

Por que é tão difícil reconhecer seus pares? O escritor argentino é o mestre, o chileno, um gênio, mas você não é capaz, não tem coragem de olhar para seu companheiro de língua e dizer: você é o cara. A grama do vizinho é sempre mais verde, e você não é capaz de dar um copo d'água para seu companheiro de quarto, mas para o vizinho você cede a única Heineken da casa. Você passa a torcer para que seus amigos morram, pois quer ver o outro canonizado, mas morto. O quê? Na universidade? Eu tive trinta anos de vida acadêmica, é pior que câncer. Você vira um lambe-botas, um burocrata, um infocrata."

Eu lia tudo isso com a boca cheia, orgulhoso de ser mau, o portador das más notícias, mas eu não tinha, nem de longe, o talento do Thomas Bernhard, era só um escritor do interior de Santa Catarina, um caipira, pois você sai do interior mas o interior não sai de você. Mas Melissa recuperava sua altivez ao me ver sorridente ao final das leituras, ao me ver exultante, mas aquilo era vaidade e não felicidade, obviamente. E eu desfilava pela sala com meus textos, quando na verdade eu tinha duas espadas, e em cada uma estava enfiada a cabeça de Jonas e de Victor Vicenzi, sem vida, sangrando muito.

Minha sala era sangue, pois decapitava lentamente, página a página, Jonas e Victor.

E terminávamos sempre no chão, sobre o tapete puído, bebendo cerveja e nos chupando, rolando nas poças do sangue de Jonas e Vicenzi.

26.

— Diga para eu ser autoconfiante e pronto, não vai ficar zoando comigo, falou?

— Pode deixar. Se concentra que eu vou começar: Relaxe. Imagine seu corpo coberto de luzes vermelhas. Todo vermelho. Conte até vinte e, a cada contagem, pense o seguinte: "Estou relaxando". Começa agora.

Ele aguarda mais ou menos quarenta segundos e continua:

— Agora, seu corpo, todo vermelho, será invadido pela luz azul, que fará seu corpo relaxar, adormecer. Começou pela perna direita. Toda azul. Completamente relaxada. Seu pé está dormente. Seu joelho também. Sinta os músculos relaxarem. Que delícia. Sua perna está dormente. Agora sua perna esquerda. Toda azul. Completamente relaxada. Seu pé está dormente. Seu joelho também. Sinta os músculos relaxarem. Que delícia. Sua perna está dormente. Você não sente mais suas pernas. Quadris e bacia. Tudo azul. Relaxado. Os músculos todos relaxando. Tudo azul. Relaxando. De suas costelas irradiam raios de luz azul. Relaxando. Tudo azul. Seus pulmões. Sinta o ar. Azul. Você respira cada vez mais devagar. Seus pulmões estão relaxados. Seus órgãos estão azuis. Relaxados. Seus dois braços são invadidos pela luz azul. Adormecendo imediatamente. Seus dedos estão relaxados. Azul. Seus cotovelos estão relaxados. Tudo azul. Relaxado. Seu pescoço está relaxado, azul, sua cabeça, nariz, ouvidos, boca, por onde passa a luz o relaxamento é completo. Azul. Relaxado. Você afunda, está muito confortável. Muito relaxada. Seu corpo é azul. Eu contarei até dez e, a cada número, você ficará mais relaxada; quando chegar a dez, você adormecerá.

Um, você está relaxada, a cada segundo mais relaxada. Dois. Tudo azul. Você está mais relaxada. Três. Cada vez mais relaxada. Quatro. Tudo azul. Você está muito relaxada. Quatro. Relaxe. Cinco. Tudo azul. Você está muito relaxada. Seis. Cada vez mais relaxada. Sete. No dez você vai adormecer. Oito. Relaxando. No dez você dormirá. Nove. Você está adormecendo. No dez você adormece. Dez. Você dormiu. Está tudo escuro. Você vê uma escada de dez degraus toda azul que leva a uma porta azul. Você sobe os dez degraus e abre a porta azul. Diga o que vê.

Ele espera alguns segundos. E larga o livro.

Ela fala:

— Eu vejo sombras, muitas sombras, não distingo muito bem, agora sim, um pouco de claridade, é meu pai, é de noite, as luzes estão apagadas, estou no quarto ao lado do dos meus pais. Papai, eu digo, tenho treze anos, ele está muito próximo, me tampa a boca com força, tento empurrar sua mão mas ele tampa minha boca com força, arranca minha calcinha com força, me vira de costas e enfia algo na minha bunda, é seu pinto. Dói muito. A maior dor que já senti na vida. Não consigo gritar. Escuto um choro, baixinho, é de minha mãe, ela diz, não tenha medo querida, é o papai, é o papai, e chora baixinho. Eu desmaio de dor.

Ele, estarrecido, se ajoelha e começa a chorar, a princípio muito baixo, depois copiosamente. Depois de alguns segundos, pergunta chorando.

— Quantas vezes seu pai fez isso com você?
— Não sei. Desde os treze anos.
— Quando foi a última vez?
— Ontem, quando fui visitá-los.

Ele se levanta desesperado, dá chutes no ar, e grita:
— Por quê? Por quê?

Ela responde:
— Agora eu gosto.

Ele se ajoelha de novo.
— Você gosta?
— Eu gosto, eu preciso.
— Mas você não sofria? Foi estuprada na primeira vez.
— Fui. Muitas vezes. Mas passei a gostar.
— Há alguns anos atrás você disse que era virgem. Você era virgem quando me conheceu?!
— Era. Meu pai disse que não comeria minha boceta porque isso era dever do marido. Mas o cu seria sempre dele. Só dele.
— Você ama seu pai?
— Amo meu pai e meu marido, os dois.
— Quem você ama mais?
— Os dois.
— Com quem você prefere trepar?
— Com meu pai.

Ele se levanta, desesperado, cai de joelhos.

Volta para o lado dela e diz:

— Eu vou contar até dez. Quando chegar no dez você trancará a respiração. Nunca mais irá respirar. Seu coração vai parar de bombear sangue. Sua língua enrolará. Você morrerá. No dez, um, dois, três, quatro, cinco...

Ele para a contagem, se arrasta no chão, desesperado, a abraça e diz:

— Eu te amo! Eu te amo! Da próxima vez que encontrar teu pai, tira o pau dele para fora, chupe e, quando ele for gozar, morda com toda a sua força, arranque o pinto dele. Preste atenção: Da próxima vez que encontrar teu pai, tira o pau dele para fora, chupe e, quando ele for gozar, morda com toda a sua força, arranque fora! (Gritando.) Vou repetir mais uma vez: Da próxima vez que encontrar teu pai, tira o pau dele para fora, chupe e, quando ele for gozar, morda com toda a sua força, arranque! Agora você vai se levantar e ir para nosso quarto, irá dormir e acordará às sete da manhã como sempre, sem se lembrar de nada.

Ela se levanta e some na escuridão. Ele apaga a vela.

27.

A vida afetiva de Arthur na sua fase catarinense era uma incógnita: desacelerara completamente. Tivera alguns poucos namorados, mas nada que durasse mais de três meses, e também diminuíra seus parceiros ocasionais a níveis quase zerados.

Parecia ter abdicado da libido em favor do teatro. Talvez seu caso mais sério tenha sido Alex, bonequeiro de Rio do Sul que conhecera durante sua residência em 2005 no Centro de Pesquisa e Produção de Teatro de Animação em Rio do Sul, coordenado por Willian Sieverdt, da Trip Teatro de Animação.

Alex até morou alguns meses com Arthur, e chegaram a fazer planos juntos, da compra de um apartamento ou mesmo de montar uma loja de roupas, para investir parte do dinheiro que entrava.

Sempre que podiam, vinham de carro e estacionavam no Centro, bem cedo. E saíam, de tênis e roupas confortáveis, pelas ruas de Jaraguá do Sul com a expectativa de manter o corpo e a cabeça em forma. Inventavam roteiros, procurando se perder na cidade, pois, como já disse o Walter Benjamin, para conhecer uma cidade é preciso perder-se nela. Embora tenham feito inúmeros caminhos pela cidade, um era o predileto deles: o da ciclovia que ia da Reinoldo Rau, no Centro, e cruzava o Baependi, terminando na Vila Lalau. Um lugar tranquilo, onde não era preciso fazer muitas paradas, e as vias de pedestres e ciclistas são bem divididas, com marcas no chão. Eles quase sempre paravam por uns instantes na ponte que liga o Centro ao bairro Baependi, onde é possível ver o Rio Itapocu (e bem cedo, pela manhã, animais e pássaros silvestres).

Nem imaginavam que um deles no futuro estaria com os pulmões cheios de água.

28.

Como as crises de ciúme de Melissa passaram a ser cada vez mais frequentes, e eu tinha pavor de escândalos, começamos a sair juntos cada vez menos. Não era ruim, víamos muitos filmes, escutávamos discos inteiros e comentávamos sobre as letras e a produção dos discos, recebíamos amigos comuns. Ela começou a se arriscar na cozinha, preparando risotos e massas especiais, e eu a fazer drinques. Éramos uma companhia agradável e sabíamos divertir nossos convidados: sou um beberrão bonachão, transformo tudo em piada quando tenho um copo na minha frente (um prenúncio de alcoolismo?), e ela sabia ser encantadora.

E, como gostávamos de dançar, sempre acabávamos requebrando na sala, para o desespero dos vizinhos, até de madrugada ou enquanto durasse o pó, a bebida ou a maconha.

Mas não conseguia evitar alguns compromissos, como casamentos de amigos, festas de aniversário ou formaturas, e sempre com um escândalo: gritarias, puxões de braços, arremesso de objetos. Porque para ela eu estava sempre flertando com alguma mulher, me engraçando, ou sendo cortês demais, o que não era verdade. Eu sabia me portar e também não era um camicase. No começo eu até achava divertido porque eu geralmente estava bêbado nessas ocasiões, mas até que certa vez ela foi ao banheiro e deu uns tapas numa mulher que supostamente estava me encarando. Isso gerou uma confusão enorme, com polícia, gente querendo nos linchar, e fomos expulsos do casamento de um grande amigo que desde então não me dirige a palavra. A reação dela após os surtos era sempre igual: choro convulsivo, pedidos de perdão, dizia que se mataria, que não me merecia, que a vida dela sem mim não tinha sentido, que fazia isso porque me amava, e de repente parecia que eu estava numa novela das nove, com todos os clichês possíveis.

Sempre fui preguiçoso e passivo, e acabava aceitando suas desculpas para evitar que as discussões se prolongassem. Eu queria paz, sossego, poder editar livros, escrever, ter o mínimo de paz. Então ela começou a fantasiar histórias e mais histórias, a vasculhar minha roupa em busca de bilhetes e até descobriu minha senha de e-mail, e ali buscava sempre alguma mensagem feminina. As brigas aumentaram e passaram a ser frequentes, com escândalos e tentativas de agressão de sua parte. Ela passava o dia elucubrando as cenas de ciúmes que encenaria à noite.

Com muita insistência, consegui convencê-la a entrar num curso livre de teatro, e outro de pintura, para ver se ela mudava o foco de suas preocupações.

O de teatro acontecia todas as segundas-feiras, na sede do Gats, o Grupo Artístico Teatral Scaravelho, que ficava a menos de trezentos metros de nosso apartamento. Enquanto ela fazia o curso, eu ficava por lá, conversando com o Leone, diretor do grupo, ou com quem por lá estivesse.

Trocávamos impressões sobre textos teatrais e eu sempre tinha alguma pergunta a fazer sobre *O patinho feio*, a peça do grupo que percorreu o país todo pelo projeto Palco Giratório do Sesc e também fez uma ou duas temporadas fora do país. Era uma adaptação do famoso conto de Hans Christian Andersen, que utilizava técnicas de formas animadas impressionantes: sacolas plásticas, mãos e músicas fundiam-se, contorciam-se e se recriavam para a plateia.

Arthur e Lauro foram importantes para o espetáculo, acompanharam o processo, e os ensaios abertos aconteciam sempre no galpão do Gefa, para os inúmeros alunos das oficinas.

Eu não me cansava de assistir ao espetáculo, e, sempre que eles se apresentavam na região, ia com Melissa. Até sugeri que ela poderia ser assistente do grupo, nos fins de semana, ao menos quando o grupo se apresentasse por perto, mas ela achou que eu estava querendo me livrar dela nos fins de semana, provavelmente para me encontrar com outra.

Foi numa dessas mágicas segundas, enquanto aguardava Melissa, que me apresentaram Arthur e Lauro. O Gats queria mais uma assessoria dos dois na montagem de um novo espetáculo de formas animadas; a ideia era usar tecidos para contar a história do comércio no Ocidente, sob o prisma de dois tecidos que se apaixonam num navio pirata que levava tecidos roubados.

Conversei brevemente com Arthur sobre a peça *Breath*, do Beckett, uma das mais curtas de todos os tempos, e como ela era também uma síntese do próprio teatro. Trocamos cartões de visitas e fui pesquisar na internet (essa curiosidade sem fim que nos move) quem ele era e que raios de companhia era o Gefa. Fiquei perplexo, eles eram um dos grupos mais cultuados e irreverentes da cena contemporânea, e estavam enfiados bem aqui, embaixo do meu nariz. Mas surpreso mesmo fiquei quando Arthur me ligou, na semana seguinte, e ficamos quarenta minutos conversando sobre a possibilidade de fazermos um livro sobre as pesquisas da companhia. Eu era um pequeno editor, não podia bancar, sob hipótese alguma, mas pensamos em algumas soluções, como editais federais e a Lei Rouanet. Marcamos um café na Grafipel, Lauro também foi, e passei um panorama do mercado editorial para eles, como as coisas funcionavam, de verdade.

Também os visitei no galpão, que era um misto de oficina de bonecos e biblioteca, com seres de toda espécie desmontados, todos os tipos possíveis de arames, cordas finas e facas, com livros em todo lugar.

O fato é que o contato com Arthur e Lauro me devolveu a paixão pelo teatro. Até tentei reanimar a Companhia Resistência Teatral, para encenarmos a minha peça *Portrait*, talvez com alguns elementos da animação, mas tudo naufragou já nas primeiras reuniões. Estava curioso com as formas animadas, e encomendei uma marionete de uma empresa de São Paulo, que por uma quantia xis fazia uma com as feições do cliente, bastando mandar uma foto por e-mail. E foi o que fiz. Então eu tinha uma marionete com as minhas feições, e ficava brincando com ela, saltando entre os móveis da casa, conversando comigo mesmo.

29.

Certo dia fomos, eu e Melissa, mesmo com uma chuva torrencial, ao pequeno teatro do Centro Cultural de Jaraguá do Sul, assistir a uma peça de teatro de uma diretora amiga minha, a Sofia Andrade. Eu e Melissa sentamos ao fundo e, enquanto acariciava suavemente as pernas dela, sussurrei em seus ouvidos: "Eu te amo."

Ela me abraçou e ficamos assim por alguns instantes. Será que a amava ou era apenas uma felicidade transitória externada verbalmente, e de maneira equivocada?

Ao final conversei com Sofia, e vi que Melissa não gostou, nem um pouco, e já no táxi, de volta para casa, começou a me acusar, de dedo em riste, de a estar desrespeitando, e gritava, muito alto.

Chegamos em casa e ela foi para o quarto, emburrada, eu tirei minha roupa e fui para a sala, de cuecas, com uma cerveja na mão, dar uma olhada no romance, ver o que Vicenzi andava aprontando com Jonas.

Logo escuto a voz de Melissa, estridente:

— Que porra é essa?

Eu estava concentrado, me divertindo com meu teatro das crueldades, e nem virei o rosto.

— O que foi, amor? — disse, sem tirar os olhos do computador.

— Essa merda aqui, ó. — Esfregou meu telefone celular bem em frente ao meu nariz.

Um mensagem em caixa alta cintilava na tela azul: "QUANDO VOCÊ VEM ME VER? SAUDADES. VEM LOGO."

— O quê? Deixa eu ver isso aqui...

— Não. Quem é a puta? A amiguinha diretora de teatro, ou aquela escritorazinha peituda, quem é...

— É engano, essas coisas acontecem...

— Você acha que eu sou otária?

— Escute aqui, vá dormir e amanhã a gente conversa, ok? Não é nada, confie em mim. Ligue de volta, você vai ver que essa pessoa não me conhece, certo? Agora me deixa...

— Não. Eu quero que você ligue agora, você, para essa puta...

— Eu não vou ligar pra porra nenhuma, estou escrevendo aqui...

Ela simplesmente pegou meu notebook, um HP com menos de um ano de uso, e jogou pelo janelão que dava para a sacada do apartamento. Foi um movimento único, rápido e certeiro. Ela nem conferiu se estava conectado na bateria ou não, foi um impulso só. Eu escutei um som oco e depois o tilintar de pequenas peças. Não acreditei. Fui até a sacada e lá estava ele, no chão, a tela a dois metros de distância do que fora o teclado, peças para todo lado, sendo levadas pela fraca correnteza do pequeno riacho que sempre se formava com as chuvas, na João Picolli, a rua lateral do meu apartamento. Mas eu ainda estava calmo, naquele instante em que tudo parecia irreal. Me virei e, quando ia dizer alguma coisa, hesitei. Ela estava parada no meio da sala, rubra, rangendo os dentes, com a minha tesoura, que eu usava para recortar capas de livros, das provas de capas, na mão esquerda. Essa foi a primeira vez que achei que iria morrer, eu não via mais Melissa na minha frente, mas sim a morte. Imaginava aquela tesoura com hastes de dez centímetros bem no meu pescoço.

E fiquei estático, hipnotizado pela imagem da morte. Então chegou minha hora, pensei.

Quando ia dizer algo, ela veio, rápida, em minha direção, com a tesoura aberta, e só tive reação quando ela estava muito próxima: me curvei e me virei de lado, usando a mão como proteção. Dessa forma, a tesoura, que tinha como alvo meus testículos, acabou perfurando levemente minha coxa e lacerando minha mão esquerda, bem entre o indicador e o mata-piolho.

Ela largou a tesoura tão rápido quanto desferira o golpe.

Eu me encolhi no chão, mas de posse da tesoura, escondida na dobra da barriga, numa posição fetal, e mentalmente fazia uma análise de danos: a coxa ardia muito e uma das mãos, o escroto e o pênis estavam ilesos.

Não sei quanto tempo se passou, mas fiquei ali, com medo de que ela viesse com uma faca ou um martelo. Eu era muito mais forte que ela, poderia, mesmo machucado, imobilizá-la, mas fiquei ali, escutando de vez em quando um crec, algum carro passando em cima de meu notebook. Até ouvir a porta da sala bater. Levantei, e ardia pra cacete, tudo. E olhei da sacada para baixo, meu computador estava lá embaixo, apenas alguns pontos brilhantes. Eu morava no segundo andar mas havia ainda o primeiro andar, com salas comerciais, e lojas no térreo, com um pé-direito de pelo menos três metros.

E comecei a vasculhar a minha mesa, em busca do meu pen drive, desesperadamente, e a sujar tudo com sangue. Mas não, meu pen drive certamente estava conectado ao computador.

Eu sangrava muito, principalmente na coxa. Então me agachei e chorei, e naquele dia entendi a expressão chorar como uma criança.

Meu romance *O museu do rancor*, que estava ali, pouco tempo atrás, seguro em meu computador e em meu pen drive, agora era algo perdido.

Poderia ainda descer e procurar nos destroços, tentar salvar o HD, mas eu perdera o otimismo, ao menos naquele instante, e sabia que, se a queda não resolvesse, ou os carros, a chuva daria jeito.

30.

Arthur no início não entendera por que Ricardo, um encenador de qualidade média, fizera tamanha bosta. Um espetáculo com um texto horrível, atores medíocres e uma técnica primária de sombras.

Mal terminaram as palmas e as luzes foram acesas, Lauro e Arthur saíram da primeira fila e começaram a subir as escadas, em direção à saída. Não bateram palmas: sem palmas.

Eu posso imaginar muitas coisas sobre tudo que aconteceu, naquela noite derradeira. Como a surpresa deles ao encontrar Ricardo Sattin na porta de saída, com um olhar de satisfação e um sorriso cínico nos lábios. Ou então Lauro de cabeça baixa e Arthur louco para fugir dali o quanto antes. Pouca luz, tudo em silêncio. De repente surgem mais palmas, Ricardo segura no ombro de Arthur, enquanto eles tentam passar, e diz alto, para que as palavras saiam mais alto que as palmas, para que as palavras marquem ainda mais:

— Eu sou o pai.

Arthur empurra Ricardo, que continua rindo e manda um beijo para Lauro.

As palmas continuam.

Na rua, sob a luz forte dos postes, eles discutem, gesticulam, mas as sombras deles pareciam dançar. E naquele dia a discussão foi um pouco mais violenta, com empurrões e xingamentos, e cada um seguiu para um lado, mas suas sombras ficaram lá, dançando.

31.

Como os cortes ardiam cada vez mais, me embrulhei num cobertor, peguei o elevador e desci. Chovia muito ainda e por sorte não encontrei ninguém nos corredores, ou no elevador ou no hall. Fui até a rua ver o computador: peças maiores ainda eram visíveis, como a tela e parte do teclado, mas estavam retorcidas. As peças pequenas, como grande parte do teclado, que se desprenderam na queda, sumiram, engolidas pelo bueiro, um redemoinho só. E eu era agora um pobre-diabo, na rua, olhando um redemoinho.

Não achei o pen drive, mas peguei a parte do computador onde achava que estava o HD e fui caminhando, manco e encharcado, para o Hospital São José. Eram apenas dois minutos, mas na minha cabeça a caminhada demorou uns dois anos. Os cortes foram superficiais, mas levei pontos na perna e na mão esquerda, e, tão logo recebi os curativos, me liberaram. Tive que chamar um táxi, pois não tinha guarda-chuva e não podia molhar os curativos. Passei na Drogaria Catarinense, a única vinte e quatro horas na cidade, comprei o que o médico pedira: medicamentos para limpeza e material para troca de curativos, teria que me virar. Naquela noite não dormi, fiquei rememorando cada instante daquela tragédia anunciada. Fora um trote ou simplesmente um engano? Pela manhã tentei ligar várias vezes para o número, mas caía sempre na caixa postal. Melissa já teria aprontado das suas? Eu precisava ser rápido e resoluto. Liguei para o chaveiro e na mesma manhã troquei a fechadura e instalei duas chaves tetra, uma em cima e outra embaixo. Coloquei as roupas de Melissa (tudo vagarosamente, com uma mão só) em sacos de lixo, e chamei o Marcos, meu taxista pessoal, despachei tudo para a casa da mãe dela.

À noite ela começou a esmurrar a porta e a gritar, querendo entrar. Eu fingi que não estava em casa. Por fim, após vários vizinhos ameaçarem chamar a polícia, ela sentou apoiada na porta e chorou, a noite toda, com soluços mínimos, controlados, mas dolorosos.

E eu chorava do meu quarto, com uma tremenda pena dela, de mim, de todo ser humano que pisara na Terra. Com a mão boa peguei a marionete, minha réplica diminuta.

E comecei a dublar, com a voz um pouco diferente:

"A vida era uma colheita de desgraças, era isso? É isso mesmo? Fala comigo, porra!"

Fiquei três dias sem sair do apartamento, o tempo que durou meu estoque de macarrão. E ela me ligava a cada hora, eu não atendia. E no começo as mensagens eram:

"ME PERDOA?"

Eu respondia:

"NÃO."

Ela não fora trabalhar mais, e expliquei a situação ao meu amigo, que me sugeriu colocar a polícia na jogada. Não fiz, mas avisei à mãe dela que tinha feito um boletim de ocorrência e que se ela chegasse perto do meu apartamento seria presa. Ela não só acreditou, como implorou para que não fizesse nada, que ela era uma boa pessoa. Melissa se descontrolava, já havia acontecido outras vezes, com o antigo namorado, mas era uma boa pessoa.

Eu fui incisivo. Presa. Interessante como as pessoas ingênuas são fáceis de aterrorizar.

E, tão misteriosamente como apareceu em minha vida, sumiu. Ninguém sabia onde estava, o que fazia, que fim levara. Alguém disse que vira uma mulher parecida com ela em Itajaí.

O fato é que ela desaparecera, mas os problemas não. Eu não tinha mais meu romance, teria que devolver a grana à editora, que já botara um advogado na jogada e queria me processar. Não conseguia mais trabalhar só com uma das mãos, e os dois livros que estava editando, já revisados e editorados, foram perdidos, estavam no computador.

Teria que começar tudo de novo.

Eu não tinha mais estímulo algum, estava completamente desanimado. Dormia às oito da noite e acordava às oito da manhã, e tudo era chato, monótono, e cogitei ir embora da cidade, fechar a editora e voltar a trabalhar como vendedor de eletrodomésticos.

Então certo dia o Gilmar Moretti me ligou, marcamos uma reunião em seu escritório, na concessionária de veículos Ford de que era sócio, e conversamos longamente e resolvemos pôr em prática uma ideia já antiga.

Desde 2006 acalentávamos o sonho de um projeto de difusão e produção audiovisual na microrregião do Vale de Itapocu (composta pelos municípios de Jaraguá do Sul, Corupá, Campo Alegre, São Bento do Sul e Rio Negrinho).

O primeiro passo era a criação do Cineclube de Jaraguá do Sul, que buscaria apresentar clássicos do cinema de arte e formar massa crítica com debates após as sessões. As reuniões definiram os filmes, os debatedores e de que maneira agiríamos dentro da lei. Acabamos fechando um acordo com uma empresa de São Paulo que permitia a exibição de alguns filmes, de forma gratuita e para até cem pessoas. E foi na primeira sessão do Cineclube que conheci Deborah.

O segundo eixo era elaborarmos e executarmos o projeto "Jaraguá em curtas: um olhar sobre a cidade", que, por meio de uma série de oficinas, executaria seis curtas-metragens de baixo orçamento em vídeo digital. Começando com oficinas de roteiro, direção, fotografia, edição e produção, passando para a formação de grupos, captação de imagens e finalização dos filmes.

Eu não tinha dinheiro, havia uma editora me processando, mas ainda assim estava feliz com os novos desafios que esse projeto poderia me proporcionar. Isso me deu um grande ânimo.

Fiquei absolutamente envolvido pelos projetos e por Deborah.

O fato é que, tão logo Deborah se mudou para meu apartamento, Melissa reapareceu na cidade. Descobrira meu novo número de celular e começara a me mandar mensagens.

"Resolva, é seu passado e não meu", disse Deborah.

32.

Minhas entrevistas com Lauro cessaram de maneira abrupta. Certo dia fui até seu apartamento e ele não atendeu o interfone. As luzes estavam acesas, dava para ver da rua. Fiquei preocupado, liguei do meu celular para o fixo dele. Nada. Porra, era só o que faltava esse maluco ter se matado, foi a primeira coisa que me passou pela cabeça. Aproveitei a chegada de um morador e subi com ele. Bati na porta, com o coração apertado.

— Vá tomar no cu! — ele gritou do outro lado da porta.
— Lauro, sou eu, Carlos!
— E daí? Não quero falar com você, vá embora!
— O que houve, cara!?
— Cansei de você, de seu papo mole, do seu falso interesse, cansei de tudo. Vá se foder!
— Porra, bicho, não fale assim, cara, eu me importo com você, com tudo...
— Você não se importa comigo, com Arthur, com porra nenhuma, seu escritorzinho de merda. Eu não quero mais falar com você. E tem mais: eu não vou autorizar que você fale de mim para ninguém, não ouse colocar meu nome em texto algum, ou do grupo, que eu te processo, eu acabo com você!

— Mas, cara, não te fiz nada, e você...

— Eu não quero mais saber de porra nenhuma. Te vira. Me esqueça, esqueça Arthur, esqueça o Gefa, esqueça, porra!

— Mas...

— Vai tomar no cu! Vai tomar no cu! Vai tomar no cu! — ele começou a gritar, cada vez mais e mais alto.

E começaram a abrir portas nos outros apartamentos, e a gesticular. O vizinho do lado disse que ia chamar a polícia.

— Vá tomar no cu também! — ele gritou.

Eu desci envergonhado.

Nunca soube qual fora o estopim desse dia de fúria, e por que fui um dos alvos. Mas Lauro nunca mais falou comigo, e, quando me via na rua, fazia que não me via. Mas mesmo assim não parei minhas pesquisas. E estava pouco me lixando se me processaria ou não, eu já estava com a porcaria do processo da editora correndo, mais um não faria diferença.

Resolvi que ficaria amigo de Sattin por pura vingança, para machucar um pouco Lauro. Anos mais tarde, enquanto eu escrevia este livro, tentei entender o quanto uma prosa tão pessoal como a do Karl Ove Knausgård ou mesmo da Elena Ferrante, com simples ações, provavelmente autobiográficas, viravam páginas e páginas de maravilhosa efervescência e luminosidade. E comigo era praticamente impossível isso, pois tudo era seco: minha vida passava em flashes, turbulenta, veloz, como uma viagem de ritalina e uísque. E minha escrita era assim também: lâmina. Breu. Eu amava Proust, mas Beckett, as drogas que consumi na adolescência, a paixão pelo conto e as experiências com o teatro deram-me aquele sentido de "menos é mais".

A única exceção em minha vida talvez fosse *O museu do rancor*, a obra perdida.

Eu sabia entrar na alma dos meus personagens mas não era capaz de entender as pessoas que estavam ao meu redor. Esta é a história de Lauro e Arthur, mas também a minha, de Melissa e de Deborah, e de nenhuma maneira é a história da chuva.

Deborah voltaria em três dias e eu não tinha resolvido porra nenhuma do casamento e muito menos com Melissa, e agora estava na iminência de perder tudo que fizera, caso Lauro conseguisse, de alguma maneira, brecar minhas pesquisas. Mas precisava dar um basta imediato nas intervenções de Melissa, precisava dizer a ela que me esquecesse definitivamente, que parasse de enviar mensagens, que deixasse a mim e a Deborah em paz.

Liguei para ela, não me atendeu. Mandei uma mensagem dizendo que precisava conversar com ela. Respondeu: 20H, HOJE, NO SEU APARTAMENTO.

Pontualmente tocou a campainha, espiei no olho mágico, era ela. Não posso negar que uma lâmina de desejo, seguida por um pequeno movimento voluntário em meu pau, me atravessou. Mas a lembrança do ataque da tesoura e do meu computador espatifado fez minha testa crispar-se rapidamente.

Abri a porta e fiz um sinal com as mãos para que ela entrasse. Não deu um passo. Do lado esquerdo da porta surgiu um homem, e entrou no apartamento. Com o susto ergui os braços e, tão logo as mãos alcançaram o alto, levei um soco no estômago e me ajoelhei. Com o pé me empurrou e caí de lado. Me deu alguns chutes, sem muita vontade, e disse:

— Deixe a Melissa, ela não quer nada com você. Se ela me disser que você está tentando falar com ela de novo, te mato, seu bosta. Quatro-olhos cuzão.

Melissa entra no apartamento, se agacha e diz bem baixinho:

— Babaca.

Eles saem sem dizer nada e eu fico lá, com os hematomas e as humilhações.

Eu tinha um casamento para dali a alguns dias, o meu casamento. Precisava reagir, Deborah não precisava saber de nada disso, a não ser que eu fosse idiota o suficiente para escrever sobre isso.

No dia seguinte, ainda muito dolorido, e como fazia todos os dias desde que a chuva ininterrupta começara, fui observar o rio. Desviando de imensas poças d'água e da correnteza que surgia em alguns bueiros, fui até uma pequena entrada perto da ponte que liga o Centro ao bairro Vila Nova. Com passos largos, via as pessoas ainda muito assustadas, sem saber se a chuva realmente pararia.

Desde os primórdios, os animais de toda espécie correm atrás da chuva, da água, e sempre quando somos tocados pela chuva, tal qual títeres, somos conduzidos para além de nosso próprio desejo.

Desci por um barranco escorregadio, segurando-me em pequenos arbustos, meio descendo, meio escorregando, até chegar bem próximo da margem do rio. Um descuido e tchibum: rio, correnteza, morte.

Joguei o guarda-chuva na água, a correnteza o levou com uma facilidade impressionante, como um papel de bala numa privada.

O rio estava ali, a poucos metros dos meus pés. Somos todos chuva, sobre a terra.

Observei por um bom tempo aquela massa compacta de água barrenta que friccionava outra massa. Arthur não sobreviveria numa correnteza dessas. Mas mesmo assim fiquei imaginando ele indo e voltando, de uma margem à outra, com precisão e graça, com a verdadeira volúpia de quem sabe nadar, com a postura correta, com o corpo deslizando, a cabeça imersa. Nadando até cansar, até sentir que o corpo pertence àquela água, até ter vontade de não viver mais, de seguir a correnteza, como fez Virginia Woolf, até ter vontade de sumir da história, da sua história, de todas as histórias.

Fiquei ali por uma hora ou mais, molhado, sem saber se entraria ou não no rio, ou mesmo se eu entrara em minha própria vida, pois tudo que se relacionava a mim parecia tão frio e distante, como se eu fosse um péssimo narrador da minha própria história.

Agradecimentos: às famílias Sobrossa e Vogelmann e a Valmor Níni Beltrame e Willian Sieverdt, pela ajuda nas pesquisas.

Este livro foi composto em Kepler 11/15
e impresso em pólen bold na Cameron.